Um estúdio vermelho

Diego Cabús

Um estúdio vermelho

TALENTOS
DA LITERATURA
BRASILEIRA

São Paulo, 2022

Um estúdio vermelho
Copyright © 2022 by Diego Dantas Cabús Oitavén
Copyright © 2022 by Novo Século Editora Ltda.

EDITOR: Luiz Vasconcelos
ASSISTENTE EDITORIAL: Lucas Luan Durães
PREPARAÇÃO: Flávia Cristina Araújo
REVISÃO: Vitor Donofrio
DIAGRAMAÇÃO: Nathalia Dornelles
CAPA: Rayssa Sanches

Texto de acordo com as normas do Novo Acordo Ortográfico da Língua Portuguesa (1990), em vigor desde 1º de janeiro de 2009.

Dados Internacionais de Catalogação na Publicação (CIP)
Angélica Ilacqua CRB-8/7057

Cabús, Diego
Um estúdio vermelho / Diego Cabús. – Barueri, SP : Novo Século Editora, 2022.

144 p.

ISBN 978-65-5561-267-7

1. Ficção brasileira I. Título

21-5645   CDD-869.3

Índice para catálogo sistemático:
1. FICÇÃO BRASILEIRA

GRUPO NOVO SÉCULO
Alameda Araguaia, 2190 – Bloco A – 11º andar – Conjunto 1111
CEP 06455-000 – Alphaville Industrial, Barueri – SP – Brasil
Tel.: (11) 3699-7107 | E-mail: atendimento@gruponovoseculo.com.br
www.gruponovoseculo.com.br

A Girlene, Júlia e Isabela. Sempre.

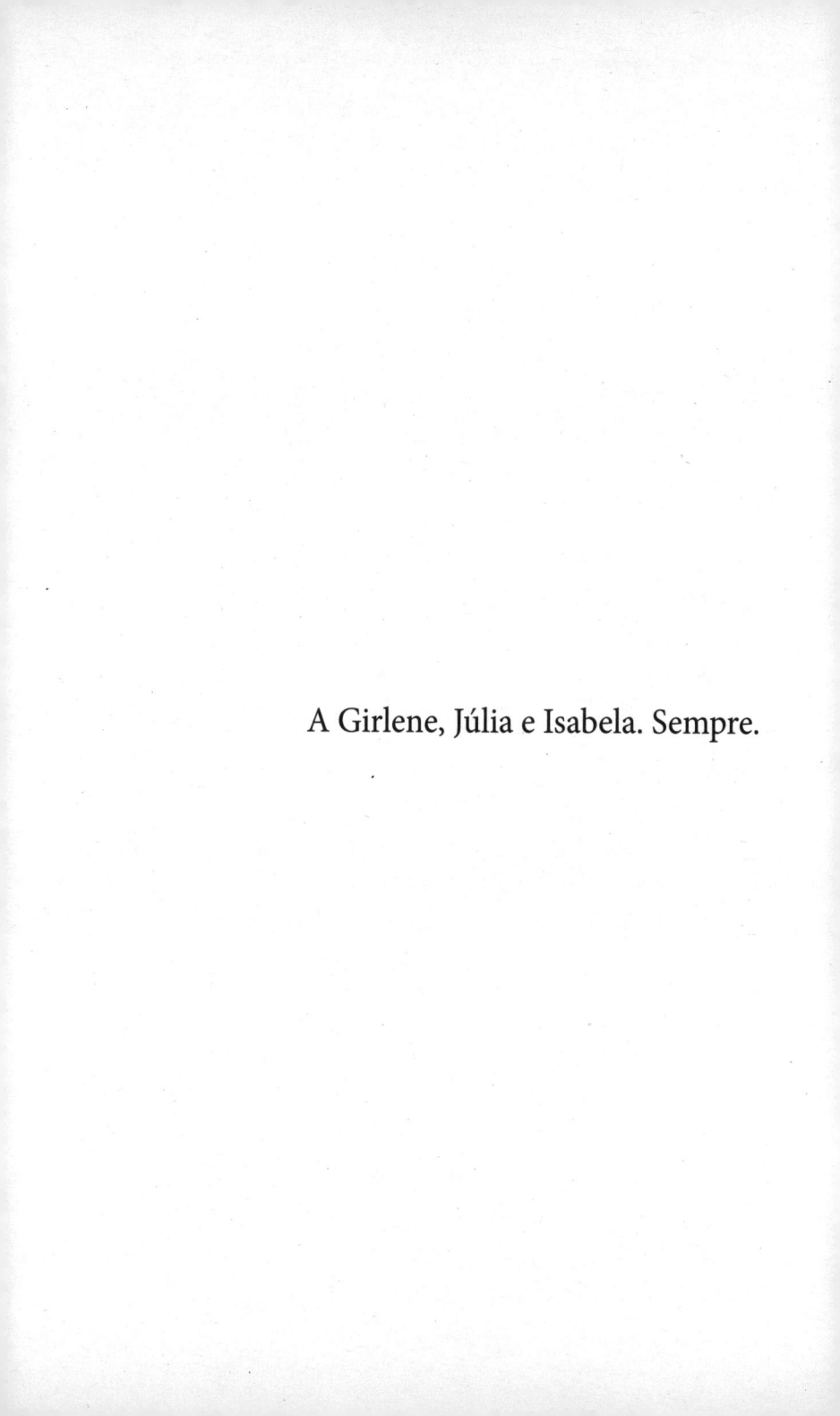

PREFÁCIO

Esta é uma história insistente.

Surgiu de uma conversa com um dos meus irmãos, Rafael, que até onde me recordo não leu os livros de Arthur Conan Doyle. Quando comentei com ele da leitura de *Um estudo em vermelho*, que eu fazia, rebateu com um "seria legal um Sherlock Holmes baiano, com o seu assistente Washington". Gostei da ideia, mas não fiz nada com isso.

Alguns anos depois, frequentei um curso de radialismo. Aqui, ao contrário daquele primeiro momento, consigo determinar o ano: 2013. As aulas de elaboração de roteiros me inspiraram a alguns escritos, especialmente de um filme curta-metragem que se chamava *Um processo* e deste livro. Assim, saíram do armário as primeiras personagens, o assassinato, o refrão de uma música da dupla e o título. Miseravelmente, o curso deu errado, foi cancelado antes do fim, e o desgosto decorrente desse desfecho enterrou as ideias em pastas velhas do notebook e da mente.

O terceiro ato desta aventura literária aconteceu já no isolamento decorrente da terrível pandemia da Covid-19. Em conversa virtual com o amigo Daniel Nicory, dentre temas jurídicos, políticos e esportivos, surgiu uma discussão sobre contos policiais. Ele me mandou um arquivo com *A morte e a bússola*, de Jorge Luis Borges (seu escritor preferido), e eu fiquei maravilhado com a história.

Relembrei então da antiga ideia e a encontrei num velho notebook. Eram seis páginas escritas, entre a narrativa principal e algumas anotações para o futuro. Resolvi retomar o conto e em poucos dias transformei as 6 páginas em 12. Percebendo que ainda havia muito a ser dito, comecei a pensar em fazer uma história maior, mais próxima de uma novela ou romance, que pudesse, por si só, gerar um livro.

Enviei essas primeiras 12 páginas a meu irmão mais velho, Bernardo, que gostou do que leu e me motivou a prosseguir. À medida que desenvolvia a narrativa, mandei também parciais para outros amigos apreciadores de literatura, a quem agradeço na figura de Victor Longo, grande incentivador deste livro.

Mantive as referências iniciais (tema, título e personagens principais) às obras icônicas de Conan Doyle, mas procurei seguir por um caminho diferente, trazendo a temática muito mais para o cotidiano da cidade e de seus habitantes do que para o refinamento das investigações de Baker Street.

A escrita, que começou para mim leve, fluida e bem-humorada, passou a ser quase uma obsessão por coerência e ajuste de imprecisões. Quando cheguei ao fim da história, depois de tanto trabalho, resolvi não a guardar de volta. Ainda cheio de incertezas, submeto esta obra ao público, com a esperança de que seja um bom entretenimento.

Alerto ao leitor, como Machado de Assis fez com o aroma sepulcral das *Memórias póstumas de Brás Cubas*, que este livro cheira a Salvador. Todos os tipos humanos criados há aqui em profusão, de modo que quem conheça a cidade certamente conseguirá identificar suas características e a verossimilhança de cada um deles. Os espaços e a linguagem seguem a mesma toada.

Depois de citar Conan Doyle, Borges e Machado como referências de uma história tão pouco ambiciosa, creio que seja melhor me despedir logo.

Diego Cabús
Salvador, 11 de agosto de 2021.

A NOITE

Era uma noite fria de dezembro.

Não nevava, mas estavam quase todos no conforto das suas casas. Quem se arriscava a sair usava os mais pesados casacos que tivesse à disposição.

A exceção da exceção era o homem que andava nas ruas daquela cidade. Estava com uma camiseta de mangas curtas, bermuda velha e chinelos. Parecia arrependido do que fizera com tanta convicção minutos antes. O que era para ser uma noite trivial tomou um rumo inesperado para aquelas pessoas.

Passava pelas lojas fechadas, pelos bares vazios, por pedintes procurando abrigo naquela noite peculiar. Sentia o incômodo peso nas suas costas, mas seguia com o passo mais rápido que podia para alcançar o seu destino. Seus pés mergulhavam e emergiam da água que alagava as ruas enquanto caminhava.

Sim. Não nevava, mas chovia.

Não havia neve porque estávamos em Salvador, capital da Bahia. O frio torturante era de 22º, suficiente para afastar as pessoas das festas daquela quinta-feira.

Ele só precisava chegar a casa. Lá, rememoraria tudo e pensaria nos próximos passos.

O ESTÚDIO

Enquanto isso, o estúdio musical tinha mais gente que na maior parte do seu expediente. Eram quatro pessoas.

A primeira acabara de soltar um grito gutural. Nada de *trash metal*. Osmar apenas nunca vira dois cadáveres antes. Não daquele jeito.

Ele não perdia uma oportunidade de se aproximar de um acidente ou de uma briga que acontecesse em local próximo ao que estava. O problema é que sempre havia curiosos se amontoando naqueles lugares, fato que frustrava as pretensões de alguém que não passava de 1,60m. "Esse povo não tem jeito!", costumava exclamar após desistir da visualização.

Assim, já tinha visto (ou tentado ver) corpos cobertos com sacos plásticos em algumas das suas andanças pela cidade do axé e da violência urbana. Naquelas ocasiões, mantinha-se tranquilo e buscava os comentários, uma imagem marcante, um detalhe sombrio. Ao ver duas pessoas ensanguentadas estendidas no piso que tão bem conhecia, todavia, a sua reação foi de pavor, de desespero.

Sua ficante Lurde teve outro reflexo. Estirou-se na parede como uma lagartixa, enquanto fazia sinal negativo com a cabeça.

– Pelo amor de Deus, Nossa Senhora! Os homens estão mortos.

Como dono do estúdio, Osmar sabia que precisaria agir. Telefonou logo em seguida para a polícia a fim de noticiar o fato e aguardou a chegada dos guardas.

ELIAS E SEUS TECLADOS

Elias era músico da igreja Anunciação do Senhor, cuja sede principal localizava-se no bairro de Periperi, subúrbio da cidade da Bahia.

Os seus pais eram crentes e criaram o garoto com sólidos valores cristãos. Desde a tenra infância, levavam-no a igrejas. Não foram exatamente fiéis a um grupo religioso específico. Frequentaram ao menos três lugares diferentes, mas não gostavam da impessoalidade de um, muito menos da exagerada formalidade do outro, cujos pastores expunham com excessiva erudição as mensagens tão conhecidas e seguidas por eles. Na Anunciação, sim, sentiram-se à vontade para participar dos cultos e das demais atividades da igreja.

Como é fácil supor, foi lá mesmo que despertou em Elias o interesse pela música. Ainda era criança quando se sentiu atraído pelos cânticos de louvor e desejou estar do outro lado do templo: na execução das canções.

Seu Matias, o tecladista da banda naquele tempo, converteu-se em professor do garoto quando ele já havia completado 14 anos. Dava aulas sem nada cobrar, animado com o empenho do aluno e com a sua evolução. Além das lições teóricas de grande valor, Matias treinava com o rapaz o repertório das músicas tocadas na igreja.

Não demorou para que Elias estivesse apto a substituir o seu mestre. Primeiro tocou uma música no encerramento de um culto. Seus pais encheram-se de orgulho e cantaram a plenos pulmões os versos da canção. A partir daí sua participação foi aumentando, sempre sob a batuta de Matias, por quem nutria grande admiração.

Passou então a ser o xodó do pastor Elinaldo, rico proprietário da Anunciação, que planejava a expansão da sua missão, que arrebatava a cada dia mais fiéis. Com a bênção do pastor e do seu professor, seu teclado virtuoso tornou-se o fundo musical (inclusive percussivo, já que não havia mais ninguém com ele no começo da empreitada) de um coral recém-formado na nova sede da igreja, no Bonfim. Ali, onde seus pais naturalmente passaram a congregar, Elias ganhou a sua independência financeira, ajudou a completar e ajustar a competente banda que comandava os cânticos, causando certa inveja às outras igrejas do local. Passou quatro longos anos exclusivamente nessa função.

Não deve ter passado despercebido que o interesse maior de Elias não era religioso. Ainda que seu credo fosse verdadeiro, a igreja para ele foi acima de tudo a escola que o encaminhou para a profissão com que sonhava desde menino. Mais do que isso, garantiu para ele um emprego, o acesso aos instrumentos musicais, respeito e admiração de muita gente.

Todo aquele sucesso profissional, porém, não inspirava o tecladista, quer em motivação, quer em termos financeiros. Ele desejava alçar voos mais altos. Diferentes, ao menos.

Foi quando Elias resolveu tocar em um bar próximo à sua casa. Música profana, dançada juntinho. Seresta. Já há algum tempo, na Bahia, com uma pitada de sensualização, o ritmo era chamado de arrocha.

Conseguiu conciliar os horários das atividades – inicialmente sem nada contar à família ou aos diretores da igreja – e começou as apresentações às quintas-feiras, a partir das 21h.

O sucesso foi tanto que rapidamente seu Moura o reposicionou para as noites de sexta, em que só dava ele no palco do bar. Empolgado com o aumento da clientela, resolveu dobrar o cachê de Elias já no terceiro mês de apresentações.

– Você merece, garoto. O bar está lotado, o pessoal dançando e se divertindo. Não fosse por seus compromissos, eu acertaria outros dias com você.

Tanto as palavras de Moura quanto a visão das pessoas dançando, paquerando e espairecendo após uma semana dura de trabalho causavam uma impressão em Elias que ele jamais tivera no seu trabalho na igreja. Cada sexta-feira reforçava nele o desejo de investir ainda mais na sua carreira de cantor da noite.

Começou a rabiscar composições próprias, abrindo novas perspectivas para seu ofício. Primeiro anunciava as canções no show quase se desculpando com o público que esperava os sucessos das rádios. Via inquietantes expressões de desgosto enquanto falava. Para sua felicidade, a execução amainava as coisas e, com o passar do tempo, sentiu que suas músicas autorais agradavam os frequentadores. Já tocava quatro ou cinco dessas composições por noite, e não era incomum que algumas delas fossem pedidas e até cantadas pelo público.

Perfeccionista, porém, o músico não estava completamente satisfeito. Sentia que seu repertório de inéditas poderia estourar se ele estivesse aliado a um cantor mais virtuoso. Não subia como necessário nos agudos e se desconcentrava na troca de efeitos do seu instrumento sempre que a canção exigia mais da sua voz.

Pensou muito sobre as dificuldades desse movimento. Não seria fácil encontrar a pessoa certa nem perder parte do protagonismo que tanto o envaidecia, mas sabia que era a melhor decisão. Resolveu procurar um vocalista.

A SUGESTÃO

Seu primo Messias tinha uma solução para o problema.

– Rapaz, eu tenho um colega que cantava pra cacete!

– Lá ele! E não canta mais, não?

– Largou o negócio. Parece que começou a beber whisky nos eventos que fazia e se lascou. Vive de bico agora, arrumando dinheiro para encher a cara. E só toma Red, viu?

– Então deve trabalhar feito um corno! Será que ele ainda tem jeito?

– Se você quiser conferir, estou livre agora e te acompanho. O cara mora pertinho daqui, dá até para ir andando.

Pois foram conferir.

Chegaram à casa de Claudivan e bateram à porta. Ninguém respondeu.

– Ele mora sozinho – disse Messias. – Vive na rua. Conheci esse maluco cantando numa festa lá em Nazaré. Fiquei de cara. Dava gente nos lugares em que ele se apresentava. As mulheres se amarravam na pegada romântica da banda dele, que fazia tipo um sambinha. Eu barbarizava lá, pegava uma galera. Sempre que tinha show, descia com uma barreira. Um dia, o cara sumiu e nunca mais eu tive notícias da banda dele. Até perguntei ao pessoal que trabalhava no espaço e ninguém soube me dizer, ou não quiseram mesmo.

– E reencontrou ele como? – perguntou Elias, curioso.

– Ele fazia um serviço de pintura lá na firma. Saí mais tarde numa sexta-feira e ele estava chegando com dois galões e um pincel na mão. Reconheci na hora. "Você não é Divã, o cantor?". O cara ficou todo encabulado, mas disse que era. Contei a ele sobre os shows na casa de eventos de Nazaré e ele deu um sorriso meio forçado. Disse que tinha se desiludido com a música e agora só tocava a vida fazendo esses trabalhos.

– Estranho, né? Deve ter rolado alguma coisa séria...

– Deve ser. No mesmo dia eu já percebi um cheiro de cachaça, mas fiquei na minha.

– Estou preocupado com isso.

– Rapaz, ele nunca deu problema lá no trabalho, não. Só era um sujeito ruim de achar, nem o celular atendia. Meu chefe precisou conversar com ele, já que gostou do serviço e queria contratar ele mais vezes. O fato é que ele nunca deixou de aparecer quando acertava alguma coisa. Fazia tudo direitinho e num tempo razoável.

– Massa. Estou com um bom pressentimento...

– O cara é bom. A gente continuou se encontrando nesses bicos dele e trocando umas ideias. Um dia, cheguei mais cedo lá e vi o sacana cantando enquanto consertava um armário. Ainda levava jeito. Nesse mesmo dia, a gente saiu pra tomar uma, mas quando puxei o assunto da música ele disse que preferia não falar sobre isso. Que às vezes sentia falta, mas era coisa do passado. Deixa eu ver o número dele aqui pra gente ligar...

Messias pegou seu celular e localizou o contato na agenda, mas lembrou que estava sem crédito.

– Você é um vacilão retado, Messa. Relaxe, que eu tô com o meu aqui. Diga aí o número que eu falo com ele.

Fez a ligação.

– *Alô!*

– Claudivan?

– *Ele!*

– Quem tá falando é Elias, primo de Messias, lá da firma de contabilidade.

– *"E o kiko?"*

– Rapaz, eu sou músico e estou precisando de um cantor para me acompanhar nos shows. Messa tava me falando que você...

– *Canto mais não, barão. Parei faz tempo já. Ele sabe.*

– E não aceita nem fazer um teste?

— *Rapaz, sei não.*

— Sem compromisso. A gente tenta uma vez para ver como funciona. Já tenho um estúdio que uso direto para ensaiar.

— *Se for por uma dose de Johnnie, posso pensar no caso.*

— É nenhuma, então. Pode ser agora? Estou aqui na porta de sua casa. Dia de hoje é mais fácil conseguir vaga lá, posso ligar...

— *Não dá* – interrompeu Claudivan. – *Tô tomando uma aqui no bar. Tava batendo uma laje agorinha e parei pra relaxar um pouco.*

— E amanhã de tardinha?

— *Pode ser. Onde?*

— Te pego *na* sua casa mesmo. O estúdio não fica longe.

O GRANDE ENCONTRO

Elias estacionou seu Kadett GLS na rua que dava acesso ao estúdio. O carro era verde. Foi comprado sabe-se lá de que mão, mas era certo que já vira muita coisa em sua longa vida. Como todo carro, caminhava para o seu destino derradeiro em um ferro-velho qualquer até que encontrou seu dono atual.

O nosso músico ficou tão feliz com a oportunidade de ter o seu próprio carro, que cuidava dele como se fosse de um filho. Comprou-o ainda com o dinheiro minguado que juntava do pagamento da igreja, tendo reformado o bichinho com os extras que tirava das apresentações no bar. Estava todo ajeitado: arrumou a pintura, consertou o ar-condicionado, colocou um toca-CD zero. Coisa fina.

Sempre quis ter um automóvel. Não uma moto, que achava algo muito perigoso e barulhento. Um carro mesmo. Para sair à noite, impressionar umas moças ou passear com seus pais. Lá transportaria seu teclado, o microfone e os demais equipamentos. Naquele dia, levava o seu futuro parceiro ao estúdio pela primeira de tantas vezes.

Subiram então a escadaria até a casa de portão vermelho. No caminho, falaram-se pouco. Apenas uma apresentação rápida do tecladista, contando da sua atuação profissional como músico na igreja e no bar, além de conversas sobre Messias. Todas puxadas por Elias. O cantor parecia tímido ou um pouco impaciente, segundo a impressão do colega naquele momento. Bateram e logo ouviram o "já vai!"

Quando Osmar abriu a porta do estúdio, Claudivan recuou.
– Mordem não. Fique tranquilo! – disse o proprietário.

O cantor nunca tinha visto dois pitbulls que não mordessem, mas o pior é que o discurso fazia sentido. Os bichos estavam sempre dóceis, letárgicos – provavelmente resultado dos hábitos recreativos do seu dono.

– Rapaz, tem certeza?

– Tenho, meu velho.

– Relaxe, Claudivan. Os bichos tão aí desde que comecei a usar o estúdio. Nunca nem latiram pra mim.

Ainda desconfiado, o vocalista atravessou a pequena varanda e entrou no estúdio. Ele já havia frequentado ambientes como aquele por muitos anos. Sonhou com o sucesso quando era mais jovem, cantou em bandas ainda na escola e no início da fase adulta. Não contava nem trinta anos de idade ainda, mas certas circunstâncias o fizeram optar por uma vida mais trivial, além de terem aproximado o rapaz da bebida. É história para outro momento.

Ali vinham à sua mente boas lembranças, entremeadas por certos dissabores. Era uma sensação estranha. Aquele cheiro de mofo, os equipamentos envelhecidos e a espuma desgastada nas paredes denotavam a simplicidade do estúdio. Em tudo ele reparou. Aproximou-se do pedestal do microfone que julgou ser o principal, mas sentiu a mão de Elias no seu ombro:

– Use o meu. Tá mais novinho.

Assentiu com a cabeça. Depois de plugar o cabo do estúdio no microfone do colega, ajustou com facilidade a altura do pedestal e esperou o sinal de Osmar para testar o som, enquanto Elias preparava o suporte e a banqueta que tinha trazido para o seu teclado.

– Alô, alô! Oi, som! Testando. Testando.

Gostou do som. Esperava menos quando entrou no estúdio. Já havia ensaiado em lugares bem melhores, mas a qualidade dos amplificadores o surpreendeu.

– Quero ouvir você cantar alguma coisa – disse Elias, demonstrando estar pronto.

– O Johnnie tá de pé, né?

– Já tinha lhe falado que sim.

– Quer que eu cante o quê?

– Conhece a versão de Silvano Salles de "Esse cara sou eu", de Roberto Carlos?

– Sei qual é. Não tenho ouvido muita música, mas essa você ouvia até sem querer um tempo atrás. Tocava no barzinho que frequento direto. Só não sei se lembro a letra toda. Acho que dá pra levar.

– Lá ele! Vamo lá...

Elias acionou a percussão de fundo, "tum-tum-rum-tam-tum-tam/tum-tum-rum-tam-tum-tam" e caprichou no teclado cheio de eco. Claudivan perdeu a entrada.

– Entre na próxima!

– "O cara que pensa em você toda hora..."

Com mais uns três versos, Elias sorria atrás do teclado. "É ele."

– Beleza! Gostei. Achei que faltou só você subir um pouquinho no refrão. Vamos tentar "Fui fiel", de Pablo?

Mais uma vez, Claudivan não decepcionou.

– Rapaz, por mim a gente ensaia mais algumas vezes e tenta se apresentar junto. Gostei de você. Topa?

– Vou ganhar quanto com isso?

– O estúdio fica por minha conta. Te dou 40% do cachê.

– Que dá quanto?

– 80 reais.

– Cada noite?

– Isso.

– Quantos dias na semana?

– Por enquanto é só na sexta, lá no Moura, mas estou com outro local em vista pra fazer no sábado. Lá o pagamento deve ser até maior. Ensaio uma vez na semana, sempre aqui, nas quintas-feiras.

– Conheço seu Moura. Faço uns bicos lá, mas sempre de dia. Por isso não te conhecia ainda. Topo seu convite. Dá pra começar.

– Mas tem uma condição: você não vai poder aparecer bêbado, nem aqui no estúdio, nem nos shows.
– Assim como eu estou, tá bom?
– Tá. Você bebeu hoje?
– Só de leve. Por mim, fechado.

A POLÍCIA

Meses depois, estavam os dois no chão ensanguentado daquele mesmo estúdio.

Cerca de uma hora após o chamado de Osmar, chegaram os policiais ao local. Isolaram inicialmente a área onde estavam os corpos e fizeram algumas perguntas ao dono do estúdio.

– O senhor estava aqui no momento do crime?

– Eu não, não tenho nada a ver com isso...

– Fique calmo e apenas responda o que eu lhe perguntar. Está entendido?

– Sim, senhor.

– É o dono do estabelecimento?

– Sou.

– O senhor estava aqui quando essas pessoas chegaram ao estúdio?

– Estava.

– Ficou por quanto tempo com eles?

– Uns 15 minutos. Eles já são de casa. Ensaiam aqui toda semana. Eu só abri o estúdio, ajudei a regular o som e saí, como fiz em outras oportunidades...

– E o senhor voltou por quê?

– Tinha acabado o horário deles.

– Ficou quanto tempo fora?

– Mais ou menos duas horas e meia.

– O senhor conhece então as pessoas que estão aí no chão?

– Sim. É a dupla que se apresenta com o nome Johnnie Walker da Seresta. O que está perto do teclado é Elias. O outro a gente chama de Divã. Não sei o nome certo dele, não. Mas estão fazendo sucesso aqui nas redondezas. Todo mundo do bairro conhece.

– E o senhor conhecia eles fora daqui?

– Já fui nos shows várias vezes! Tanto no barzinho quanto no Cais. Eles me conseguiam cortesias e até as camisas, quando a festa foi disso. Não chegava a ser amigo deles, mas a gente tinha essa relação aí. Dois rapazes tão bons e jovens! Quem poderia fazer uma coisa dessas?

– Isso vai ser investigado. Alguma coisa foi levada do estúdio?

– O teclado de Elias, com certeza, mas isso era dele mesmo. Levaram também os microfones e alguns cabos. Pelo que eu vi aqui, mais nada.

– Onde o senhor estava enquanto eles ficaram sozinhos no estúdio?

– Fui encontrar minha namorada. Esse era o último ensaio da noite. Depois a gente ia aproveitar pra ficar junto.

O policial deu-se por satisfeito e tomou os dados de Osmar, enquanto aguardava a chegada dos peritos criminais. Os carros oficiais que foram chegando chamaram a atenção da vizinhança. Alguns apareceram nas janelas das suas casas, outros chegaram a sair de casa com seus guarda-chuvas para matar a curiosidade.

Impressionou os policiais que ninguém tivesse ouvido nada de suspeito nem visto qualquer pessoa sair daquele lugar.

O JORNAL DE SEU LOPES ROMA

Naquele bairro, todo mundo conhecia seu Ubirajara Lopes.

Aposentado, ele era figura frequente nas mesas de dominó. Morava sozinho em sua casa desde que a esposa faleceu. Os dois filhos, já adultos, foram viver em outras cidades.

Trabalhou desde cedo na prefeitura. Passou num concurso de assistente administrativo ainda jovem e rodou por inúmeras secretarias. Quando conseguiu a sua aposentadoria, mal tinha completado 54 anos. Ainda era jovem e ativo. A tristeza da perda da mulher apenas dois anos após o afastamento do trabalho o enlutou por muitos meses. Aos poucos, ele foi estabelecendo uma rotina de leitura, contato com os amigos, passeios pela cidade e algumas viagens, atividades que preenchiam a sua vida de solidão e de muito tempo livre.

Ao contrário dos seus homônimos, ele não era conhecido pelo apelido Bira. Todos o tratavam por "seu Lopes Roma" ou simplesmente "Roma", consequência de ter vivido desde menino naquele bairro de Salvador, sobre o qual versava um sem-número de *causos* contados por ele.

Sua fama era dada por dois motivos. O primeiro é que, como se supõe, adorava uma boa prosa. Vivia nas calçadas daquele lugar, conversando com todos que por ali passavam. Um dominó ou um baralho no Largo também eram pretexto para encontros e muito papo. Na padaria Chaves também conhecia todos os funcionários pelo nome, assim como no mercadinho, na farmácia e em tantos lugares que frequentava.

O segundo era a sua paixão por notícias de polícia. Ele era aficionado pelas páginas policiais, especialmente dos jornais populares e sensacionalistas. Sabia de todos os crimes noticiados nos periódicos, com detalhes. Orgulhava-se do seu faro de investigação, que não costumava falhar.

A análise das notícias de crimes mais violentos era feita segundo uma sequência de ações ordenadas mentalmente por ele. Chegava ainda cedo na banca de revistas que havia na sua rua e pedia ao jornaleiro Ruivan, seu conhecido de longa data, uma edição do *jornal O Povo*. Conversava brevemente com o amigo sobre a matéria que mais lhe chamasse a atenção, buscava a opinião dele e a de quem mais estivesse na banca com disposição para falar do assunto e seguia direto para a sua casa.

Lá, enquanto passava o seu café, começava a ler a matéria com mais cuidado. Depois que se sentava no banco de madeira, para comer o seu pão com margarina dourado na frigideira e tomar o cafezinho, abria o jornal sobre a mesa e lia com atenção especial a matéria. Unindo o que foi conversado na banca, à sua impressão sobre a matéria, imediatamente lhe surgiam ideias sobre as circunstâncias do crime.

Pensava em motivos possíveis, simulava a ação do homicida e a reação da vítima. Detestava as reportagens sem foto, que dificultavam a visualização do caso. Quando isso acontecia, rabiscava a possível cena do crime em um papel.

– Aquilo ali foi corno, Rui – disse ele certa vez ao retornar à banca, horas depois da passagem matinal.

– Será, Roma? Acho que a matéria fala de envolvimento com drogas.

– Corno, com certeza.

– Acho que pode ter sido outra coisa...

– Rui, traficante lá mata de faca? Traficante mata é na bala, a não ser que queira torturar um traíra. Duas facadas em mulher, na casa dela, é corno. Não tem jeito!

Ficava ansioso pela notícia da solução do caso, que por vezes nem vinha. Quando vinha, é difícil descrever a felicidade que sentia por tê-lo decifrado – acontecia na maioria das vezes. Se o desfecho fosse contrário à sua leitura inicial, ele minimizava: "Pode ter sido isso mesmo. Se eu tivesse visto o negócio de perto, matava a charada."

Mal sabia ele que a oportunidade de acompanhar ativamente um caso policial estava prestes a bater à sua porta.

A MUDANÇA

O carreto encostou no meio-fio da rua Henrique Dias, em frente à casa de muro alto, cheia de plantas na pequena garagem que separava o portão externo da entrada da cozinha. Desceu do carro da frente um rapaz de seus trinta anos de idade, baixinho e um pouco rechonchudo, contente por sair do apartamento pequeno que alugou até a véspera para aquele lugar mais espaçoso.

Ao lado do portão, Washington já identificava Juan, o proprietário da casa. Juan era filho de espanhóis, galegos, e tocava a tradicional loja de materiais de construção que herdara do pai. Também alugava alguns imóveis seus na região. Ficou ressabiado ao saber que o seu novo inquilino era policial civil, com medo de que isso significasse um empecilho para uma eventual cobrança de valores atrasados. Nunca precisou fazê-lo.

– Seu Washington, como vai?

– Muito bem, seu Juan. Disposto a organizar minhas coisas ao longo da semana.

– Ótimo. Como já fizemos a vistoria e assinamos o contrato ontem, resta apenas a entrega das chaves. Aqui estão.

Despediram-se, e o policial entrou na casa, levantando o ferrolho próximo ao chão para que fosse aberta a passagem necessária ao transporte dos móveis trazidos na mudança. Não era muita coisa: o suficiente para mobiliar uma sala relativamente ampla (sofá, poltrona, rack, televisor, mesa de jantar, quatro cadeiras), a cozinha (fogão, geladeira e máquina de lavar), o seu quarto (cama, mesa de cabeceira e armário) e um outro quarto, que seria seu "escritório".

O último era seu espaço favorito da casa. Vivia chateado por não ter um local no apartamento onde pudesse organizar seu computador, as revistas que colecionava, seu violão e os demais objetos pessoais. Com dois quartos de área maior do que o único que havia na sua morada anterior, sentia-se confortável e animado.

Washington era um homem de hábitos simples. Nunca sonhou em ser nada. Nasceu em Vitória da Conquista, onde toda a sua família seguia a viver. Concluiu o Ensino Médio e prestou vestibular para Administração, na falta de uma ideia mais exata sobre qual profissão seguir. Foi aprovado na Universidade Federal da Bahia, motivo de grande celebração dos pais. Seu Juarez era um pequeno comerciante e dona Alaíde lhe dava alguma ajuda na loja e cuidava de casa. Custearam o aluguel do apartamento simples e as despesas básicas do garoto na capital com muita satisfação.

Não lhe faltava nada, a não ser paixão. Tocava sua vida sem maiores pretensões, tirava notas razoáveis, não tinha problemas com nenhum colega, mas também não fez grandes amigos, nem viveu grandes amores na faculdade. Ia a poucas festas, às vezes ao cinema, mas passava a maior parte do tempo livre em casa, com suas revistas, seus programas de televisão e sua internet.

O transcorrer dos anos sem perspectivas concretas de futuro passou a angustiá-lo. Preferia ficar em Salvador a voltar a Conquista, ainda mais se fosse para assumir a loja dos pais. Um dos colegas que lhe era mais chegado avisou a ele do concurso para escrivão da Polícia Civil.

– Polícia, Lucas? Sei não...

– Tem algum plano melhor? A gente não trabalha ainda, pode se concentrar nesses estudos e passar. Aí a gente já garante alguma coisa. Se for ruim, estaremos recebendo nosso salário enquanto a gente pensa em partir para outra.

Não tinha plano algum, muito menos melhor que esse. Gostou da ideia.

Estudaram e passaram juntos. Washington contou para os pais apenas quando saiu o resultado do concurso.

– Polícia, meu filho? E aí em Salvador? Você poderia ao menos ter tentado ficar aqui em Conquista, deve ser mais tranquilo e ficaria perto da gente – disse a mãe, decepcionada.

– Aqui tinha muito mais vaga, mãe. Passei até bem. O dinheiro é razoável, dá para me manter numa boa. Se estiver ruim, procuro logo algo diferente. Se precisar da ajuda de você e de meu pai, aviso.

– Avise mesmo! E tome cuidado, pelo amor de Deus...

Era difícil "estar ruim" para o nosso escrivão. Bem classificado, foi alocado diretamente na divisão de homicídios. Ficou num lugar tedioso, cuidando de inquéritos policiais antigos e inconclusos. Não se incomodava com isso. No início, só cumpria as ordens, inexperiente no trabalho policial e em matérias jurídicas, com as quais tinha o pouco contato de uma disciplina na faculdade e dos módulos estudados para o concurso.

Depois passou a folhear os autos e a analisar por si próprio se havia alguma diligência a ser tomada. Não era muito criativo, mas a prática o levara a identificar com certa clareza o tipo de providência que deveria ser tomada se o caso se apresentasse de um modo ou de outro. Assim, aprendeu a tirar alguns inquéritos do limbo e dar andamento aos casos, de modo que fossem concluídos.

Não era incomum que recebesse elogios dos delegados pelas suas contribuições. Tornou-se um bom servidor, satisfeito (ainda que sem entusiasmo) com o seu trabalho.

Já contava seis anos no cargo quando realizou a mudança referida.

REDES SENTIMENTAIS E O "EMPURRÃOZINHO"

Te mandei um e-mail
Você leu
Te chamei pelo "Face"
Você riu
Mas na hora do encontro, do beijo molhado
Você sumiu

Te mandei WhatsApp
Respondeu
Escrevi no seu blog
Você viu
Confirmou o jantar, mas não veio me amar
Você mentiu"

– Aí com vocês, Johnnie Walker da Seresta! Sucesso total, "Redes Sentimentais" na sua Rádio Guetto FM, 101,5! Guenta, coração!

As lágrimas insistiam em correr no rosto de Elias, mesmo com as execuções da sua música tendo se tornado frequentes.

"Devo tudo a seu Edenilson" pensava ele, a cada nova audição.

Foi, de fato, Edenilson Carlos, produtor musical e radialista, que conseguiu dar um *boom* na carreira dos dois. Numa despretensiosa noite de sexta-feira, ele resolveu tomar uma bebida no bar que ficava na ladeira que dava na sua rua e ficou surpreso com a dupla que se apresentava.

Chamou Moura e procurou saber mais do assunto.

– Lucivana conhece o tecladista da igreja. Menino bom. Começou a se apresentar aqui no bar por intermédio dela. Aí o negócio melhorou muito pra mim nos dias que ele vem. Dobrei o cachê dele e passei a botar em dia fixo.

– Como é o nome dele?

– Elias.

– E o outro menino?

– Conhece não?

– Se eu conhecesse, eu ia perder meu tempo lhe perguntando?

– É Claudivan. Fazia uns bicos aqui no bar. Faz eletricidade, encanamento, pintura, bate laje, limpa chão... Até se você precisar de um cuidador de velho, ele ajuda.

– Meninada boa então...

– Claudivan é chegado no *mé*. Até me pedia o pagamento dos serviços em doses de Johnnie Walker. Mas é bom rapaz, sim.

Enquanto espremia o limão no caldo de sururu, Edenilson saboreava sua caipirinha e matutava. Pegou a pimenta na hora de um agudo caprichado de Claudivan e viu uma senhora à sua frente enxugar uma lágrima de emoção. Muitos aplausos ao fim da música.

Três ou quatro canções depois, veio o *break* para os músicos descansarem até a segunda sequência. Sentados à mesa, Elias pediu sua Coca-Cola com gelo e limão, e o amigo uma nova dose de Red. Não conversavam muito nesses intervalos, quando geralmente recebiam cumprimentos e pedidos de músicas. Perceberam a aproximação do rapaz que desconheciam até aquele momento e que mudaria suas vidas.

– Boa noite. Gostei do som de vocês.

– Muito obrigado – respondeu atenciosamente Elias, com um sorriso. – Primeira vez do senhor aqui no bar?

– Que nada. Conheço Moura há mais de vinte anos. Era amigo do meu pai. Mas normalmente venho no sábado.

– O senhor tem uma voz bonita. É locutor?

– Sim.

– De rádio?

– Sou. Eu me chamo Edenilson Carlos, mas o nome de guerra é Ed Carlos.

– Da 101?

– Isso.
– Aprecio muito seu trabalho. Achei que o senhor fosse diferente...
– Normal. Sou mais novo do que a minha voz.
– Exatamente. É um prazer!
– Todo meu. O seu colega só abre a boca pra cantar?

Elias sorriu, sem graça.

– Ele fala pouco mesmo...
– Mas canta muito bem.
– Obrigado – disse Elias, constrangido pelo contínuo silêncio de Claudivan.
– Vou ficar de olho em vocês.

Cumpriu o prometido. Na sexta-feira seguinte, chegou mais cedo para não perder uma música sequer. Ouviu o repertório inteiro, fazendo várias anotações em um caderninho de capa vermelha que levou consigo. Registrava os *covers* escolhidos pela dupla (sabia o nome de todas as canções e de seus respectivos artistas), mas sua atenção maior era voltada para as músicas autorais. Para estas, dedicou longas observações, copiou trechos das letras. Foi algumas vezes até a pista de dança, sendo visto pela dupla, que se esmerava naquele dia.

Chegou à mesa no intervalo do show, como fizera na semana anterior, para novo diálogo. Daquela feita, recebido com entusiasmo por Elias, foi mais incisivo.

– Gostaria de ajudar vocês.
– Como?
– Com algumas ideias e, quem sabe, um espaço na rádio...

O coração de Elias disparou. Até Claudivan, até então inabalável, sentiu um frio na espinha.

– O senhor está falando sério? – questionou Elias.
– Claro que estou. A questão é que vocês precisam de alguns ajustes.
– E o senhor...
– Vamos fazer de outro jeito. Tenho 35 anos, quero trabalhar

com vocês... E me chamem de Ed, pra facilitar o contato.

– Tá certo. E você nos aconselha o quê?

– Terminem o show de vocês numa boa. Toquem soltos, fiquem tranquilos. Amanhã a gente conversa lá em minha casa, aqui pertinho. Está aqui meu cartão com endereço e telefone. Ficarei até o fim, mas prefiro só tratar dos negócios amanhã.

– Sem problemas, Ed – arriscou Elias, que recebeu de volta um sorriso.

– Às 3 da tarde.

– Fechado.

Era uma noite especial.

CONVERSAS

A lua brilhava intensa. Parecia controlar o céu, distraindo-se enquanto as nuvens se espessavam ao seu redor. Elias carregava o Kadett com o material do show e seu olhar parecia distante, quando Claudivan interrompeu seus devaneios.

– Sei não, Elias.

– Sabe não o quê, Claudivan?

– Esse lance do radialista. A gente tá bem aqui no bar, tocando numa boa, tirando um dinheirinho...

– É um bom começo, sim – interrompeu Elias. – Mas a minha ideia é a gente crescer a partir daqui. Estamos formando um público, aumentando o repertório, mais entrosados, e pode ter surgido a oportunidade de a gente estourar. Por que não agarrar essa chance?

– As coisas não são simples assim. É muito diferente estar como a gente está hoje e segurar a onda de show grande, música em rádio, empresário, mulherada e tudo mais.

– Imagino que seja, mas...

– Você só imagina. Eu sei que é.

Claudivan parecia mesmo preocupado. Falava num tom que deixou Elias desconcertado, lembrando do relato lacônico de Messias sobre o fim da banda e o afastamento anterior do seu parceiro da música.

– Mas veja, meu velho – retomou Elias, enquanto entrava no carro. – A gente ainda não deu passo algum. Vamos lá amanhã, juntos, para ver o que o cara tem para falar. Se essa situação está te deixando tão incomodado, vamos combinar de não fechar nada amanhã. A gente ouve, conversa e, se rolar alguma proposta, pede um tempo para pensar.

– Melhor assim. Não ache que eu estou insatisfeito com alguma coisa. Gosto de cantar com você, estou mais animado nos ensaios e nos shows do que eu podia pensar. É que essas coisas muitas vezes tomam um rumo que a gente não imagina.

Seguiram o caminho até a casa do cantor em silêncio. Já passava das 2h da manhã, como de costume. A mente de Elias fervilhava, mas ele se continha para não alarmar o colega. Tinha vontade de entender o que acontecera com a banda anterior de Claudivan, sentia que esse trauma poderia ser um obstáculo no seu caminho rumo ao sucesso. Ao notar o desconforto do parceiro, porém, recuava nas suas intenções. Talvez aquela noite fosse o momento para tirar essa história a limpo, mas novamente hesitou.

Deixou Claudivan na porta de casa com o "boa-noite" costumeiro e combinou o encontro às 14h30, para irem juntos à casa do radialista. Ainda naquela noite, mandou uma mensagem aos colegas da banda da igreja, informando que só poderia ensaiar a partir das 17h.

Demorou a dormir. Já morava sozinho numa casa alugada, sem muito conforto. Passou o resto da madrugada entre a cozinha e o seu quarto. Bebeu água, foi ao banheiro, voltou à cama. Abriu o YouTube no celular e foi ouvir cânticos religiosos, velho hábito para se acalmar. Pouco eficaz naquela noite sem fim.

Acordou já perto do meio-dia, assustado. Esquentou a sobra de almoço que tinha na geladeira e começou a se arrumar. Era cedo ainda. Ao contrário do que acontecera na madrugada, a hora demorava a passar.

– Dá meia-noite, mas não dá duas da tarde! – disse às paredes.

Estava tão nervoso quando saiu que quase atropelou um cachorro. Suas mãos tremiam levemente no volante.

– Preciso me acalmar. Até porque já garanti a Claudivan que a gente não ia fechar nada. Hoje é só conversa. Ele fala pouco e tenho que estar tranquilo para escutar com atenção e me posicionar sobre os temas que seu Edenilson trouxer.

Não contava que Claudivan não estivesse em casa. Bateu à porta, e nada. Tentou telefonar e não conseguiu contato. Mandou uma mensagem e não teve resposta. Chateou-se. Era visível a reticência do cantor com o cenário do encontro. Mas custava avisar? Um telefonema! Uma mensagem serviria.

Depois de 15 minutos de espera, avisou pelo WhatsApp que iria sozinho à reunião.

"Velho, você devia ter me avisado. Não vou deixar de ir a esse compromisso. Fiquei puto aqui com sua ausência, mas vou lá de qualquer jeito. Depois a gente senta e conversa. Eu te falo tudo o que ele disser, vou até anotar pra não esquecer. Mais tarde te ligo."

Assim, seco. Entrou novamente no carro e partiu para o endereço indicado no cartão. Chegou ainda com alguma antecedência. Tocou a campainha e aguardou.

"Cinco pras três. Hora tá boa", pensou.

Da varanda do segundo andar, Edenilson acenou.

– Cadê nosso cantor? – perguntou de lá.

– Não pôde vir – desconversou Elias, tentando transparecer tranquilidade.

– É uma pena... Suba aí. Ritinha, o portão!

Abriu a porta uma moça com uniforme verde-claro, que Elias entendeu ser a funcionária da casa. Subiu a escada encostada na parede, sem corrimão, e já encontrou Edenilson no seu topo.

– Diga, meu querido. Como vai?

– Tudo em paz, seu Edenilson...

– Ed, meu jovem. Já te falei. Sente aqui na sala. Bebe alguma coisa?

– Um copo d'água, por favor.

Edenilson foi até um pequeno bar que ficava perto da escada e serviu água gelada ao convidado. Pegou uma água tônica para ele.

– Isso aqui é uma delícia. Com limão e gelo, nem se fala.

– Bonita a sua casa – arriscou Elias.

– Obrigado. Trabalhei muito para comprar e depois fazer esse andar de cima, que é meu xodó. Quinze anos de rádio já. Mais de 10 como empresário e produtor musical.

– Estou curioso para saber o que o senhor tem a comentar

sobre o nosso trabalho...

– Direto ao ponto. É bom assim!

Elias sorriu. Edenilson começou a falar sobre o repertório. Perguntou se as músicas estavam registradas e, recebendo a resposta positiva, pediu as letras. O tecladista tinha tudo em mãos.

– Hum, essa aqui, "Me beija". Fiz algumas anotações no refrão. O que você acha de "me beija, não fecha a porta/ te amo, já não me importa/ cansei dessa vida morna/ chega de fugir, vem pra mim". Na mesma melodia...

Elias gostou da ideia. Ficava mesmo melhor daquela forma.

– Bom que gostou. Tenho outras sugestões, ajustes aqui e acolá, mas nada que descaracterize as composições de vocês. São 8 próprias, então?

– Inteiras e registradas, sim.

– O material é ótimo – disse ele, folheando as últimas letras.

– Obrigado.

– Lógico que minha proposta não se resume a esse tipo de ajuste. Quero empresariar e produzir a dupla de vocês.

– Como funcionaria?

– Gravar as músicas em estúdio, arrumar músicos que os acompanhem, espaço na rádio e eventos para vocês tocarem. Tenho os contatos. Tenho o projeto.

Elias ficou paralisado. Tentou falar algo imediatamente, mas as palavras relutavam em sair. Respirou, bebeu mais um gole da água e disse:

– Vou precisar falar com Claudivan, mas fico honrado com a proposta.

– Será um prazer pra mim. Se vocês toparem, começamos a trabalhar logo. Não se preocupem com dinheiro. Vou assumir os custos de tudo, das gravações e da produção. Agora, vou precisar de compromisso.

– Como assim?

– Vocês terão uma agenda a cumprir. Gravações, preparativos

e eventos. Se tudo der certo, a grana deve ficar boa desde o início e ainda melhorar com o tempo.

– Parece ótimo, Ed. Preciso falar com meu parceiro, mas confesso que estou animado com esse convite do senhor.

– Tem mais uma coisa…

– O que foi? – preocupou-se Elias.

– O nome da banda. "Claudivan, Elias e Seus Teclados" não pega…

– E tem alguma ideia?

– Tenho o nome pronto. Só não sei se você vai gostar, por conta da sua questão da igreja e tudo mais…

– Qual é?

– "Johnnie Walker da Seresta".

Elias arregalou os olhos.

– Quando Moura me disse que chegava a pagar os serviços que o cantor fazia no bar por doses de Red Label, achei isso engraçado. Soa legal. Vai pegar fácil. Já pensem e conversem sobre isso também.

Edenilson disse que precisava se aprontar para outro compromisso, e Elias se levantou. Desceram a escada juntos e caminharam até a porta.

– Vou esperar o contato de vocês. Só não demorem!

Como se concentrar para ensaiar as músicas religiosas com esse turbilhão de pensamentos? Era o preço de uma vida dupla – que estava para terminar.

A MANCHETE DO DIA SEGUINTE

– Fala Ruizinho! Qual é a boa nessa sexta? – perguntou seu Lopes Roma.

– Rapaz, você não vai acreditar. Você conhecia eles, né?

Roma ficou paralisado ao ver a foto dos corpos no estúdio e a manchete: "DUPLA DE SUCESSO NA SERESTA É ASSASSINADA EM ESTÚDIO".

– Meu Deus, eu ouço as músicas deles no rádio. Fui até pra show dos dois algumas vezes.

– Pois é, Roma. Também conhecia de nome os rapazes. Que coisa absurda.

– Já leu a matéria?

– Já. Roubaram umas coisas deles que estavam no estúdio. Suspeita é de que mataram pra roubar.

– Latrocínio, Rui. Vou ver direito essa história.

Pagou pelo jornal e seguiu para casa. Não conseguiu nem preparar o seu café de sempre. Abriu o diário na mesa da cozinha e sentou-se para se inteirar.

A matéria dizia o seguinte:

"Jovens músicos foram baleados durante ensaio em estúdio
Claudivan Soares de Santana e Elias Oliveira, músicos que faziam sucesso na Cidade Baixa com a dupla Johnnie Walker da Seresta, foram encontrados mortos num estúdio de gravação situado no Bonfim.

A Polícia Militar foi acionada pelo dono do estabelecimento, Osmar Silva, que disse ter saído do local para visitar a namorada. Segundo o relato de Osmar, a dupla ensaiava lá sempre e ele costumava sair do estúdio depois de testar o som.

Os músicos foram baleados algumas vezes no tronco e na cabeça. A suspeita inicial das autoridades é de latrocínio, já que instrumentos da dupla e equipamentos do estúdio foram levados pelos meliantes.

A equipe de reportagem do *Povo* foi avisada por vizinhos e foi a primeira e única a chegar no local na noite chuvosa, tendo feito fotos e entrevistas exclusivas.

Como o delito ocorreu na noite de ontem, as informações colhidas serão publicadas ao longo das edições do jornal nos próximos dias, e nossa equipe permanecerá em contato frequente com o delegado responsável pelo caso, para saber se há novidades e se surgirão suspeitas diferentes da ideia inicial das autoridades".

– Latrocínio? Muito na cara. Isso foi para despistar – concluiu Roma.

Levantou-se e foi passar seu cafezinho, com a cabeça povoada de ideias. "Os meninos crescendo, fazendo sucesso, tomam um monte de bala assim? Aí tem", garantia seu faro investigativo.

Sentou novamente com sua xícara cheia e releu o texto curto. A semana prometia nos jornais com esse caso particular. A dúvida que ele colocaria na cabeça de Ruivan excitava sua vaidade. Chegaria firme como de costume, convincente, para deixar o amigo com a pulga atrás da orelha sobre a causa da morte dos músicos.

Estava convicto de que linhas de investigação diferentes surgiriam nos dias seguintes. Sua suspeita inicial tinha a ver com alguém do meio musical. Um concorrente que estaria perdendo espaço.

– Pra alguém subir, outro tem que descer. E tem gente que não aceita a derrocada. A vida é assim, Rui – filosofou com o amigo jornaleiro.

– Rapaz, é capaz de você estar certo. Será que foi isso mesmo?

– Essa ainda não vou cravar. O *Povo* diz que vai publicar outras coisas sobre o assunto. Os caras são bons, vão atrás da notícia mesmo. À medida que forem saindo as matérias, a gente vai ver onde esse caso vai dar. Mas latrocínio, minha intuição diz que não foi.

Roma seguiu a sua rotina pelo resto do dia nublado de Salvador. A chuva torrencial da noite anterior havia acalmado. O dia feio deixou o nosso detetive ouvindo rádio, assistindo à programação da televisão e esperando o tempo passar. Contudo, não precisaria aguardar por novas notícias sobre o fato que consumiu seus pensamentos até o dia seguinte. Nutria alguma esperança de que o noticiário local e, especialmente, os programas policiais tocassem no assunto, com seus apresentadores falastrões e suas imagens marcantes.

Foi o que aconteceu. O efusivo Tuca Lucena, do programa *Cidade em Foco*, depois de outras tantas notícias, falou sobre o caso: "Olha essa história! Mais bala, mais sangue, mais morte! Dupla de Seresta é dizimada em estúdio. Foi bala pra tudo que é lado. Polícia acredita em latrocínio. Roda o VT!"

A fala tinha, como de hábito, uma sonoplastia de tiros enquanto o apresentador lançava seu bordão "mais bala, mais sangue, mais morte". O vídeo apresentado mostrava a escada que dava acesso ao estúdio, mas a porta estava fechada. Roma nem piscava. Tinha a impressão de saber onde era o local.

Depois da expectativa inicial, descobriu que a matéria era bem superficial. Não chegaram a acessar a cena do crime e se limitaram a entrevistar uma vizinha que jurou não ter ouvido nada até a chegada da polícia. A repórter reforçou a suspeita de latrocínio e devolveu a condução ao estúdio.

"Salvador virou isso, minha gente. Os homens invadem um estúdio, passam o chumbo em dois artistas, levam seus instrumentos e vão embora. Não tá fácil. Registro aqui nossas condolências aos familiares e nossa torcida para que a polícia prenda os marginais, e que eles tenham um lindo futuro na Lemos Brito ou na vala."

Depois de ouvir o "rapaz, que agrestia é essa?", que uma voz anasalada gritava ao fundo sempre que Tuca fazia das suas, seu Lopes Roma ficou decepcionado. Ao que parecia, o programa nem voltaria a falar do assunto.

– Latrocínio não foi, mas não foi mesmo. Os caras nem cogitam outra coisa, pelo amor de Deus! Esse cara é fraquíssimo. Me-

lhor esperar o velho jornal mesmo.
 Esperou.

MAIS DECEPÇÕES

Seu Roma acordou ainda mais cedo que o habitual para ir à banca no sábado.
— E aí, Ruizinho?
— Vixe Maria! Meu detetive pulou da cama. Acabei de abrir.
— Chegou a ler o jornal?
— Nada ainda, mas já chegou aí. Se quiser levar, a gente acerta na volta. Tenho coisa ainda pra desembrulhar.

Assim fez. Estava tão ansioso pelas novidades que acabou abrindo o caderno policial ainda a caminho de casa.

Nada nas fotos, que já relatavam novos casos e o desdobramento de notícias anteriores. Seus olhos encerraram a primeira página, e na parte baixa da segunda, encontraram um texto pequeno, que ocupava uma coluna da metade do jornal para baixo: "Vizinha relatou nada ter ouvido sobre os disparos no estúdio."

O detetive amador não podia acreditar. Novamente na mesa, que tinha como escritório das suas elucubrações, procurou a página para ler a matéria com indisfarçável decepção. Nem vale a pena transcrever aquele relato inútil da moça que morava ao lado do local do crime, pois nada acrescenta ao caso.

Em resumo: estava tudo fechado em sua casa, a chuva era terrível, ela nada tinha ouvido e foi somente o movimento da polícia que chamou a sua atenção. Conhecia de vista os rapazes, ouvira as suas músicas no rádio, mas jamais trocou palavras com eles.

Roma voltou à banca muito chateado.
— Nada de nada, Rui. Até os caras do *Povo* enrolando, rapaz! Prometeram mundos e fundos ontem e me saem com uma materiazinha dessa no dia seguinte.
— É. Li também, Roma. Enrolação pura. Os caras não sabem de nada. E nem sei se vão seguir dando notícias do caso.

– Pois é. Tenho o contato do jornal. Já falei com eles algumas vezes, já escrevi na seção do leitor, como você sabe. Essa eu não vou deixar passar em branco. Vou ligar pra reclamar e ver o que eles dizem.

A batalha quixotesca do aposentado não rendeu bons frutos. Ligou com um tom de reclamação, diferente das outras vezes, e sua demanda não foi muito bem recebida pela atendente. Não chegou a falar com os repórteres policiais e, rapidamente, a chamada foi encerrada após um agradecimento insincero da funcionária do *Povo*.

Roma seguiu na sua leitura diária, estudando e deduzindo os casos que surgiam, sem esquecer daqueles meninos de futuro que tiveram a sua vida abreviada de maneira tão brutal.

Planejou, então, um passo mais arrojado. Passaria no Bar do Moura, faria uma refeição lá e ampliaria o horizonte da investigação que conduzia na sua cabeça, mesmo abandonado pelo seu jornal favorito. Teria que tomar cuidado para que a conversa fosse produtiva, por isso planejou as perguntas de modo que conseguisse extrair o máximo possível de informações, sem que parecesse inconveniente. Ou suspeito.

Ainda havia o estúdio. As imagens que vira do local eram familiares. Se quisesse mesmo acompanhar esse caso de perto, convinha visitar também o lugar.

"Um passo de cada vez", pensou. Primeiro o bar.

O ENSAIO E LUIZA

Foi o pior desempenho de Elias em um ensaio na igreja. Todos perceberam que havia algo estranho com o "maestro".

Ele era o fundador da banda. Recrutou alguns músicos entre os fiéis. Comandou o intercâmbio com a sede principal da igreja, fundamental para o treinamento daqueles que tocavam instrumentos com os quais não tinha familiaridade, especialmente o baterista.

Apesar da pouca idade, todos os integrantes da banda tinham por Elias grande admiração. Confiavam no seu conhecimento do repertório, nos seus arranjos para os clássicos e na sua condução das músicas compostas no seio da Anunciação, que os frequentadores assíduos já sabiam de cor. Muitas das canções feitas na igreja tinham a sua assinatura.

Naquele dia agitado, em meio a muitos erros incomuns, Elias começou a construir a decisão de se afastar da banda da igreja.

– Algum problema, meu maestro? – questionou Marquinhos, o baixista.

– Alguns, meu irmão. Alguns.

– Não se incomode, tudo vai se resolver. Você vai ver. Deus vai te abençoar, como sempre faz. Orarei por você.

– Obrigado, Marquinhos.

Deus abençoaria mesmo? Uma banda com nome de bebida? O afastamento da igreja? As circunstâncias não pareciam seguras.

Desde que começou a viver a vida dupla de músico de igreja e cantor da noite, os sentimentos de Elias não estavam tão claros. A sua jornada para a música profana era um impulso pessoal. A sua satisfação com a nova realidade convivia com uma espécie de culpa, que tendia a atingir outro nível caso implicasse o abandono do seu trabalho original.

Não guardou segredo da sua vida de "cantor de barzinho" de pessoas próximas que frequentavam a igreja. Lucivana foi o elo com Moura, e naturalmente sabia. Seus pais também já sabiam. Receberam bem a notícia. Chegaram a ir às apresentações algumas vezes.

Da banda, só quem tinha conhecimento da incursão de Elias na seresta era Luiza, uma das cantoras do coral. Ela estava no grupo havia pouco tempo. Gostava do tecladista. O quanto, ele ainda não estava muito certo.

Perguntou a ele após um ensaio se tocava em outro lugar além da igreja.

– Nem costumo falar disso por aqui, ainda mais com o pessoal da banda, mas toco, sim.

– Sério? Faz shows e tudo?

– Faço, sim. Tenho um parceiro que canta comigo. A gente está se saindo bem, o lugar só anda cheio...

– Cheio de moças bonitas?

Elias não esperava o comentário. Luiza percebeu o constrangimento.

– Estou brincando, relaxe. Continue.

– Não, é isso que eu te disse. Estamos até com umas músicas próprias.

– Canta uma pra mim?

– Prefiro Claudivan cantando – desconversou. – Por que você não aparece lá na próxima sexta-feira? Te passo o endereço.

– Vou tentar. Não saio muito de casa, mas esse seria um bom motivo.

Apareceu. Bonita, de cabelos soltos, como ele nunca tinha visto. Foi com uma amiga, jovem como ela. Chegaram cedo, ela cumprimentou Elias, sorridente, e se sentaram. Assistiu a toda a apresentação da mesa, não dançou com ninguém. Elogiou as músicas e Claudivan na saída.

– Ela tá de olho em você, meu tecladista.

– Será?

– Tá. É da igreja, né?

– É sim.

– Veio aqui só pra deixar claro o interesse. O próximo passo é seu.

– Não sei...

– Tô te falando. Você tem que se movimentar aí.

A perna parecia travada. Naquele ensaio estranho, além da conversa com Marquinhos, teve um diálogo com Luiza na saída.

– Tem um minuto?

– Claro. O que você me conta?

Luiza, como todos, percebeu o desempenho esquisito de Elias no ensaio. Nutriu alguma esperança de que o assunto fosse outro, mas estava satisfeita com a possibilidade de conversar com ele, ainda que o tema se mostrasse espinhoso.

– Estou confuso com essa minha vida dupla. De ontem pra hoje, aconteceu muita coisa que complicou mais ainda a situação. Aqui da banda, só você sabe das minhas apresentações...

E contou tudo. A conversa com Claudivan e seu sumiço naquela tarde, a reunião com Edenilson, a oferta. O seu pensamento de se dedicar exclusivamente à carreira da dupla. Ela ouvia atentamente. Queria dar um bom conselho: um que ele gostasse de ouvir e que lhe fosse útil.

– Você precisa se acertar com seu parceiro antes de tomar qualquer decisão. Não sei se é bom forçar ele a falar o porquê de tanto receio, mas é importante se mostrar um amigo de verdade, com quem ele possa contar para superar esses traumas do passado. Você vai conseguir.

Elias agradeceu a atenção e a orientação. Abraçou Luiza, que lhe beijou no rosto. Ela sorriu e tomou seu caminho, enquanto o músico pensava na melhor forma de abordar o parceiro.

A SEGUNDA CONVERSA

Enquanto se encaminhava para o carro, Elias sacou seu celular do bolso e leu a mensagem de Claudivan.

"Meu velho, me desculpe. Acordei uma pilha de nervos hoje e resolvi sumir. Saí pela cidade sem destino e lá pela tarde parei num boteco pra espalhar o sangue. Quando vi sua mensagem, fiquei num remorso desgraçado. Desculpe mesmo. Estou à disposição para quando você quiser falar comigo."

Pelo visto, a reaproximação seria mais tranquila do que Elias havia suposto. Ele respondeu amigavelmente, dizendo que também precisava de um dia sem pensar nesse assunto, para se concentrar no culto do domingo. Combinou de se falarem só na segunda-feira, com mais calma.

Aquela mensagem, aliada à conversa com Luiza, acalmou tanto o coração de Elias que a sua apresentação no dia seguinte foi totalmente normal. Ele se sentiu bem, disposto e até satisfeito com a performance na igreja, como há muito não acontecia. Tocou e cantou as canções com maestria. Agradeceu a Marquinhos pelos bons pensamentos e a Luiza pela conversa. Os olhos da jovem brilharam.

Encontrou Claudivan na tarde da segunda-feira, na sua casa. O cantor disse que tinha um assunto a resolver por aquelas bandas e decidiram fazer lá a reunião. Não era muito comum que se encontrassem fora do estúdio ou do bar, mas já tinha acontecido algumas vezes. Sempre na casa de Elias. Normalmente, quem agendava esse tipo de conversa era Elias, mais falante e preocupado com ajustes. Naquela oportunidade, era Divã o principal interessado em conversar, ainda sentindo a culpa pelo erro anterior.

– Nem precisa se desculpar, irmão. Sua mensagem já foi suficiente.

– Valeu, bicho. E o radialista lá?

– Foi uma troca de ideias rápida. Falou de algumas músicas nossas, confirmou que tem interesse em ser nosso empresário. Aí cuidaria das nossas gravações, arrumaria músicos para acompanhar, locais para shows e lançaria a gente na rádio.

– Você tá amarradão, né?

– Rapaz, não vou mentir: estou, sim. É uma chance de ouro! A gente está bem, tem boa relação, compõe junto legal. Por mim, a gente agarra essa oportunidade.

– Meu medo é perder isso tudo – falou Claudivan, melancólico.

– Não vai acontecer – retrucou convicto Elias.

– Tomara, Elias, tomara. Não sou eu que vou te atrapalhar, negão. Gosto de você, estou feliz com a dupla e estamos juntos nessa. Pode falar com o cara lá que estamos dentro.

Levantaram-se da cadeira e se abraçaram.

– Esqueci de te falar uma coisa. Ele sugeriu que o nome da dupla ficasse Johnnie Walker da Seresta...

– Que onda! – disse o cantor num sorriso. – Se pra você for nenhuma, pra mim é que não vai ter problema com isso.

Elias agradeceu o apoio do amigo, reiterou o compromisso de apoiá-lo no que precisasse e ligou naquele mesmo momento para o empresário.

– *Que maravilha, meu garoto. Vou começar a planejar as coisas. Entro em contato com vocês nos próximos dias pra conversar sobre o projeto. O projeto é muito importante. Com um bom projeto, a gente vai longe.*

– Certo, seu Edenilson.

– *Já falei que é Ed, rapaz. Mas tá tranquilo se você prefere assim.*

Com algumas palavras amigas mais, encerraram a chamada. Como o telefone estivera o tempo todo no viva-voz, o cantor ainda fez um gracejo:

– O homem gosta mais de "projeto" que Vanderlei Luxemburgo... misericórdia! Vamos ver o que vem por aí...

– Estamos juntos – disse Elias.

– Juntos! – confirmou Claudivan.
Mais um abraço e se despediram.

ROMA NO BAR

Roma tomou o ônibus às 10h30 de uma sexta-feira, rumo ao Bonfim.

Foi tudo calculado. Sexta-feira, ele sabia, era o dia em que a dupla se apresentava no bar. O horário lhe parecia conveniente por ser viável para um almoço cedo e ao mesmo tempo suficiente para chegar no local ainda com pouco movimento. Assim, conversaria com o proprietário.

Passou pela avenida Dendezeiros, tentando conter a ansiedade. Já havia transcorrido mais de um mês do evento trágico que não saía da sua mente. Ele tinha convicção de que partilhava da mesma ideia fixa das pessoas do seu destino daquela manhã. Tinha estudado todas as formas possíveis de abordar Moura. Dali pretendia sair com hipóteses excluídas e alguma linha possível para solucionar a intrigante questão.

"Latrocínio não foi. Não foi!", repetiu para si mesmo no transporte.

Desceu e iniciou a caminhada até o estabelecimento, do qual se lembrava de outros carnavais. Não era a primeira vez que ia até lá para um almoço. Conhecia de vista e de trocar algumas palavras tanto Moura quanto Lucivana.

O plano começou bem. Às 11h ainda não havia ninguém no espaçoso bar e restaurante. Cumprimentou diretamente Moura e sentou em um dos bancos do balcão, perto dele.

– O que temos de almoço, seu Moura?

– Oi, meu querido. Hoje tem carurives, vatapá, feijão no dendê, arroz e xinxim de galinha. Mas se estiver de dieta tem o velho frango grelhado com feijão de caldo, *pirê* de batata, arroz e salada.

– Vou no dendê. Saí de casa foi pra sair do regime mesmo, né?

– A gente merece, né, meu querido? Eu mesmo andei ganhando uns quilinhos este mês. Muito triste com o que aconteceu com os meninos que tocavam aqui, acabei descontando tudo na comida. Você soube do caso?

Nem nos melhores sonhos de Roma foi tão fácil chegar ao assunto. Todos os cenários de abordagem discreta em que ele pensou mostraram-se desnecessários. Foi Moura que entrou no assunto, assim, em dois minutos de papo, com o bar vazio e a atenção exclusiva do dono para si.

– Luana, o carurives tá pronto? – gritou o proprietário na direção da cozinha.

– Quase lá, patrão. Quase lá.

– Assim que tiver, faz logo uma porção aqui pro nosso amigo.

– Soube sim, Moura. Que tragédia, hein?

"Ele. Primeiro fala ele", pensou Roma.

– Uma brutalidade, meu jovem. Dois meninos bons, eram meus amigos. Minha mulher conhecia Elias da igreja e Divã fazia serviço aqui direto. Depois se uniram pra formar a dupla.

"Igreja. Pode ter igreja no bolo", foi o primeiro fato que chamou a atenção do detetive. Ele sentia falta de um caderno de anotações, mas sabia que era impossível usar esse tipo de expediente naquele momento.

– Eu cheguei a ver os meninos tocando aqui mesmo. Eram bons. Gosto muito de música, tocava um violãozinho na mocidade. Conheci eles no rádio, e quando soube que tocavam aqui, vim conferir. Lotavam a casa, hein?

– Ô! Isso aqui ficava socado nas sextas-feiras.

Nisso chegou dona Lucivana com sacolas de verduras que havia comprado na feira de São Joaquim. Arriou os sacos no chão e Matheus, um dos funcionários da casa, levou tudo para a cozinha. Cumprimentou seu marido e o cliente, depois seguiu até o banheiro para lavar as mãos e o rosto suados.

– Calorão, amor! Nossa Senhora...

– Tá demais mesmo, vida. Tava aqui falando dos meninos com Seu...

– Ubirajara, mas pode chamar de Roma.

– Seu Roma! Não tem um dia em que eu não pense neles.

– Pior tá pros pais e pra Luiza. A menina chora o tempo todo lá no culto...

– Algum dos meninos era casado? – perguntou o detetive, lutando para conter a empolgação com mais uma informação valiosa.

– Não. Era namorada de Elias. Tá desolada. Todo mundo, mas ela mais ainda. Menina boa!

– Que tristeza – lamentou sinceramente o cliente. – O pessoal da igreja também deve estar arrasado também...

– Na verdade, ele estava um pouco afastado de lá desde que saiu da banda. Mas teve uma comoção forte mesmo.

"Saiu da banda", registrou mentalmente o visitante.

O caruru chegou ao balcão. Mesmo sem tanta fome, Roma começou a comer. Provou o vatapá, que não estava muito a seu gosto, mas felizmente o xinxim e o caruru compensaram. Pediu uma Coca-Cola para acompanhar e arriscou uma nova abordagem.

– Descobriram algo sobre os assassinos?

– Nadica de nada – retrucou a senhora. – Ninguém viu, ninguém ouviu nada. Levaram as carteiras, os instrumentos e se mandaram.

– Eu achei essa história estranha – arriscou o visitante. – Se queriam roubar, que roubassem. Mas pra que matar os meninos?

– Não tem estranheza nenhuma, seu Roma – disse Moura, voltando à conversa. – Esses caras vivem cheios de droga na cabeça. Deviam estar por perto, viram o movimento no estúdio e entraram pra roubar. Talvez uma porta aberta ou mal fechada tenha ajudado. Depois, pelo amor de Deus, basta um susto, uma tentativa de reação, que mandam bala. Não estão nem aí pra ninguém! Pegaram as coisas e se picaram.

Nosso investigador ficava impressionado com a falta de inventividade das pessoas. Será que a polícia estava tão resignada assim? Com um assassinato brutal, artistas de carreira promissora, relações com uma igreja, uma jovem apaixonada... Que caldo! Melhor até que o do xinxim que degustava.

– É capaz de ter sido isso mesmo – desconversou. – Mas os meninos não tinham um inimigo, nada que tivessem comentado com vocês?

– O senhor tá parecendo o delegado quando me interrogou. A mesma pergunta ele me fez! Que nada! Como eu lhe disse, Elias era um menino bom, de família. Claudivan tinha um problema com bebida, era sozinho no mundo, mas não fazia mal a uma mosca. Fez bico aqui no bar muitas vezes. Sem chance!

O comentário a respeito da pergunta fez Roma sorrir intimamente mais do que se pôde perceber na sua expressão. O delegado cogitava alguma motivação para o assassino, mas a testemunha lhe fechou a porta. De todo modo, houve depoimentos na polícia e ele ganhou ainda outro elemento: o problema do cantor com a bebida.

Dali não sairia muita coisa mais, por isso resolveu terminar o seu almoço falando de amenidades. Elogiou a refeição e agradeceu ao casal a boa prosa, lamentando mais uma vez o evento que o levou àquele lugar.

Saiu com a cabeça povoada de ideias. Tomou um ônibus direto para casa. Ao chegar lá, pegou o seu caderno e anotou tudo o que conseguira levantar na missão, inclusive o nome da moça. Nome que sempre achou bonito.

– Se eu tivesse uma filha mulher, teria esse nome: Luiza!

E aí viajou num delírio heroico, prometendo mentalmente à garota desconhecida a solução do caso e a punição dos responsáveis.

ENCONTRO

Naquele dia e nos seguintes, seu Lopes Roma analisou longamente as suas anotações e as informações das matérias de jornal que guardava sobre o caso. Começou a pensar em linhas de solução para o ocorrido.

A primeira era a da igreja. A namorada, a saída da banda. Valeria ir até lá? Será que conseguiria algo mais? Talvez valesse conhecer o lugar.

A segunda ponta era ainda mais solta. O cantor e a bebida. Era só bebida? Será que tinha outra droga no meio? Por que ele começou a ter problemas com isso?

Ainda havia outro viés. O seu palpite inicial. Aquilo teria a ver com gente do meio musical. Alguma rivalidade surgida. Um dissabor com a perda de espaço. Problemas a partir da fama, do dinheiro e do acesso ao público e à melhoria das condições financeiras.

De cada possibilidade, saíam linhas de questionamentos e soluções possíveis. Roma ainda tinha outra vontade. Desde que assistira ao (quase) inútil programa policial que abordou o assunto na TV, julgou que o lugar do estúdio lhe seria familiar. Antes de qualquer outra coisa, sairia em nova diligência para ver se localizava o estúdio.

Na semana anterior, ele saiu ainda pela manhã para procurar o local, sem sucesso. Desta feita, resolveu ir de táxi. Ligou para o seu velho conhecido Júnior, que sempre o conduzia de automóvel quando as circunstâncias eram desfavoráveis ao deslocamento a pé ou de ônibus.

– Diga, seu Roma!
– Fala, Júnior! Tudo em paz?
– Fora meu Vitória, tudo indo...
– Eu já te disse pra mudar de time.

– Jamais, meu patrão. Mais fácil eu mudar de nome.

– Como dizia Tim Maia, "uns nascem pra sofrer enquanto o outro ri". É o nosso caso. Você sofrendo com seu Vitória e eu rindo com meu Esquadrão.

– Hoje em dia, seu Roma. E olhe lá. Já ri muito também! Mas vamos pra onde?

– O pior é isso. Nem eu sei direito.

– Oxe! Como assim?

– Queria achar um estúdio de música. Sei que fica no Bonfim.

– Só isso? Aí vai ficar difícil!

– Vamos passando ali pela igreja e descendo pra Monte Serrat. Eu vi uma imagem do lugar e acho que sei mais ou menos onde fica.

Passando pela Igreja do Bonfim, o passageiro se benzeu respeitosamente. Tantas vezes fizera a caminhada da sua casa até a basílica, com as ruas entupidas de gente. Naquele ano, preferiu ficar em casa. Como não tinha passado pelo local entre a festa popular e aquela data, sentiu algum remorso e lembrou-se da esposa, companheira naqueles dias festivos. Prometeu mentalmente voltar na sexta-feira seguinte e assistir à missa.

Seguiram então a Plínio de Lima para depois descerem a rua Rio São Francisco. Roma estava profundamente ansioso. Ficava confuso a cada travessa que via à esquerda do táxi. Seria aquela?

– Devagar, Júnior. Passe devagar quando tiver uma rua do seu lado.

– Certo, meu patrão.

Depois de passar por algumas entradas à esquerda, resolveu pedir ao taxista que virasse na Rio Subaé. Fizera má escolha. Seguiu um pouco em frente, mas logo percebeu que não era nem parecido com o lugar procurado.

– Vire de novo à esquerda e vamos voltar um pouco, meu caro.

– Vamos nessa.

Voltaram pela rua Itapirucu, e a atenção do detetive estava novamente do seu lado esquerdo. Mas à direita também se ofereciam outras tantas possibilidades. Júnior desacelerava a cada ruela que se apresentava, mas nada de o detetive pedir que ele entrasse.

Apesar de conhecer bem Salvador, imaginou inocentemente, talvez guiado pela euforia com o caso, que conseguiria encontrar o estúdio sem tanta dificuldade. Ledo engano.

Júnior retomou a descida pela rua principal, mas Roma sinalizou que a busca estava encerrada. Aproveitou e foi até Monte Serrat. O dia foi improdutivo, mas estava bonito. Pediu a Júnior que estacionasse. Caminhou um pouco na direção do forte, passou por ele e viu um rapaz vendendo caldo de cana. Resolveu adocicar o dia, antes de sentir as amarguras do taxímetro e da empreitada malsucedida.

Voltou para casa e até se esqueceu um pouco do caso. Tomou um banho, foi ler o jornal sem tanto interesse e ficou assistindo à TV até a hora do dominó. Foi dormir tranquilo, apesar da cara decepção vivida naquele dia.

Na manhã seguinte, encaminhou-se à banca encontrar seu confidente. Outro cliente estava lá ao mesmo tempo, olhando as revistas e sendo atendido por Rui.

– O senhor tem alguma revistinha velha? Alguma de super-heróis que não tenha vendido? – perguntou o rapaz.

– A gente costuma devolver para a editora. Tem umas coisas que eu guardo e posso mostrar a você aqui.

– Por favor.

Pegou uma caixa e entregou ao cliente.

– Diga, meu detetive! E aí? Achou lá o lugar?

– Nem cheguei perto, Ruizinho. Não vou desistir, mas essa ida lá foi furada.

– Descanse sua cabeça, Rominha.

– Vou levar essa aqui, seu... Rui, né? – continuou o novo cliente.

– Isso. E seu nome?

– Washington.

– Mora por aqui?

– Mudei tem coisa de um mês. Hoje decidi andar um pouco

pela vizinhança e encontrei a banca do senhor.

– Senhor tá no céu!

– Aqui é bom demais, Washington. Morei a vida toda aqui. Além de tanta coisa boa, ainda temos o trabalho da nossa querida e inesquecível Irmã Dulce aqui pertinho para abençoar este lugar. Quase tudo a gente encontra no comércio do bairro. Hoje só saio por necessidade.

– Estou gostando mesmo, seu...

– Roma. É como me conhecem.

– Faz o seguinte, Rui: eu coleciono essas revistas por *hobby*. Se puder pedir um estoque bom, vou passar aqui sempre e comprar algumas coisas. Pode ser?

– Pode sim, meu jovem. Tenho o contato do pessoal fácil, e vou pedir um reforço na próxima leva.

– Ótimo! Vou anotar aqui meu telefone, pra você me avisar quando chegar algo.

– Tranquilo. Aviso, sim.

– Muito obrigado, Rui. Seu Roma, satisfação.

Despediram-se, e o jovem tomou o seu caminho.

PROJETOS E GRAVAÇÕES

– Este é Marinho Preto, nosso batera – apresentou Edenilson.
– Prazer, sou Elias. Este aqui é Claudivan.

Elias gaguejava. Aquele estúdio era bem diferente dos que havia frequentado desde o início da sua vida musical. Não conhecia apenas o estúdio de Osmar, pelo qual criara afeição. Chegou a ir a outros locais com o pessoal da igreja, com melhor estrutura física que aquele do portão vermelho. Nenhum causara nele a impressão que sentia naquele momento.

Havia nas paredes da antessala alguns encartes de discos e DVDs gravados ou mixados no estúdio. Elias conhecia alguns deles das rádios. A mesa de som era imensa. Chamava a atenção uma decoração em madeira com partes douradas, que seria um tanto brega para olhares mais refinados, mas que na percepção do tecladista denotava riqueza.

– Mauricinho, baixista. Já tocou com um monte de gente boa também.
– Pelo visto, vou continuar tocando – respondeu com simpatia o músico.
– Obrigado. Prazer em conhecê-lo.

O último músico apresentado foi Luciano, violonista. Eram só os três. No "projeto" do produtor, os teclados seriam exclusividade de Elias. Pelo que percebeu nas apresentações, ele daria conta. A bateria ao vivo de um músico experiente proporcionaria um toque diferente da sintética, o contrabaixo para acertar a "cozinha" e o violão para dar versatilidade. Pensava num saxofone para o futuro.

Edenilson explicou que o importante naquele primeiro momento era a apresentação das músicas. Pediu a Elias que posicionasse seus teclados em um determinado lado do estúdio, onde ficaria plugado a um bom amplificador, e que Claudivan assumisse o microfone principal.

– Se você quiser usar a bateria do teclado mesmo, fique à vontade, Elias. A gente já vai posicionar os rapazes para eles entrarem quando acharem que dá.

– Não vamos nem passar as músicas pra eles? – indagou, surpreso, o tecladista.

– Toquem tranquilos. Eles vão ficar na posição.

– O senhor quer que a gente comece com alguma em especial?

– Se não for pedir demais, podem começar por *Tá Fogo* – respondeu sorrindo o produtor.

– Na hora. Vamos lá, então.

Elias começou errando algumas notas. Usou a bateria do teclado para não se perder, mas mesmo assim os dedos tremeram um pouco. Deu uma parada.

– Toque solto. É só para apresentar a música! Relaxe – tranquilizava o produtor.

Da segunda vez, saiu melhor. Claudivan entrou soltando a voz com qualidade também.

"Eu lembro de nossas promessas
Alegria à beça
Todos nossos planos

Eu lembro de você sem graça
Do beijo na praça
Daquele "te amo"

Chegou aquele playboyzinho
Com papo de vinho
E carro importado

Você logo se enrabichou
E depois me chamou
Até de fracassado"

Elias falou o "e doeu, viu?" do *backing vocal* combinado e percebeu que o violão, o contrabaixo e a bateria entraram para a segunda parte. Desligou a bateria do teclado. Repetiu a introdução e Claudivan novamente entrou certinho nos versos.

Jurei que ia te esquecer
Comecei a beber
E a me sentir só

O tempo seguiu a passar
Eu só no mesmo bar
E cada vez pior

Peguei então meu telefone
Procurei seu nome
E você me escutou

Eu sei que ele tem dinheiro
Mansão no estrangeiro
Mas não é amor

Tá fogo
Não sentir seu cheiro
Não tocar seu corpo
É muito desgosto

Tá fogo
Esse meu desespero
Todo esse desejo
Estou ficando louco

Acabaram juntos. Edenilson sorriu e conversou alguma coisa com os colegas.

– Ouçam aí! – disse ele, soltando o play direto da segunda parte, com todos os músicos atuando juntos.

O negócio era bom. Era muito bom. O som limpo, o baixo e a bateria sincronizados, o violão simples, fazendo base, mas preenchendo os espaços. Profissional.

– Gostaram?

– Demais, seu Edenilson. Ficou ótimo – disse Elias. Até Claudivan sorriu para sinalizar agrado.

– Tenho certeza de que os meninos também curtiram.

– Bom demais, meu chefe – disse Luciano.

– Vamos fazer outra desse jeito e escolher uma das duas pra tentar acertar uma gravação hoje.

Escolheram "Redes Sentimentais". A canção também funcionou muito bem. O tino do produtor apontou para tentarem gravar a segunda. Pediriam um almoço, depois combinariam as passagens para o baixo e a bateria darem início à gravação. Em seguida, seria a vez de Elias e do violonista e, por último, Claudivan.

A comida estava boa e a conversa foi melhor ainda. O empresário falava de um espaço amplo que ele comandava, onde eles poderiam se apresentar antes de outro cantor.

– O senhor já sabe qual? – perguntou curioso Elias.

– Gente de rádio, garoto. Gente que leva o povo! Em breve serão vocês. E a primeira música que vamos lançar eu já sei qual é.

– "Redes" mesmo?

– Na hora. Vai pegar. Vamos trabalhar certo nela. *Tá fogo* é muito boa também, e vai no vácuo. Vocês têm talento, nós temos projeto e experiência pra fazer funcionar. Vai dar certo, não tenho dúvidas.

A gravação estendeu-se por toda a tarde. Saíram de lá exaustos e sem ideia de quando algo estaria pronto. Edenilson elogiou a dedicação da dupla e disse que estava tudo encaminhado. Ligaria em breve para dar notícias.

Seguiram a rotina da semana. Ensaio no Osmar na quinta-feira, apresentação na sexta, bar lotado. O que não estava previsto era a presença do empresário no Moura.

– Um pra cada – disse Edenilson, entregando os CDs aos músicos.

– Não vejo a hora de ouvir! – exclamou Elias, animado.

Claudivan também agradeceu.

– Vamos aproveitar a parada pra Moura lançar aqui no bar mesmo?

– Pode ser, Seu Edenilson.

Assim foi feito. Moura colocou o CD para tocar no som ambiente. Os músicos sorriram satisfeitos com a canção. Estava muito melhor do que tinham imaginado, pronta para as rádios. Alguns dos frequentadores reconheceram a música e elogiaram a gravação.

– Tem mais surpresa – anunciou o radialista.

– Meu Deus, diga logo qual é!

– Depois do show a gente senta pra eu contar. Vou ficar por aqui. Vão tocar que eu quero ouvir. É coisa boa...

Sem combinação prévia, o próprio Claudivan agradeceu a presença do "radialista e empresário" Ed Carlos, reiterando a satisfação com a gravação profissional do primeiro sucesso da dupla. E mandaram "Redes Sentimentais" para a galera, que chegou a cantar junto o refrão.

Elias ficou impressionado com a iniciativa do cantor. Sentia que realmente estavam juntos e só tinham a crescer com essa união.

– Obrigado pela gentileza, Claudivan. Fiquei muito satisfeito.

– Não tem de quê, seu Edenilson. Foi sincero.

– Vai ser importante você se comunicar mais com o público lá no Cais...

– Que Cais? – perguntaram juntos os músicos.

– Domingo que vem, 20h, quero que vocês abram o show de Nil Soares no Cais de Prata.

– Nil Soares? Naquele lugar novo, na Calçada? – perguntou Elias.

– Isso aí. Lanço a música de vocês na segunda-feira na rádio. Vocês ensaiam durante a semana e mandam ver no domingo. Tão dentro?

Como não estar? Não faltaria frio na barriga, nem problemas a resolver, mas estariam. Apesar de não terem pensado em dinheiro, Ed adiantou os termos.

– Para esse primeiro evento, o cachê será de mil reais para cada. As despesas todas são com a gente.

Que viessem os problemas.

SAÍDA DA IGREJA

"Domingo que vem" seria dia de culto. No dia que já havia se iniciado, ensaio da banda. Naquele fim de semana, Elias teria que resolver suas pendências com a igreja, sem falta. A decisão já estava tomada desde aquele outro encontro com Edenilson, mas isso não tornava a ruptura mais fácil. A noite foi tão longa quanto a anterior à reunião decisiva na casa do produtor. A única diferença foi a trilha sonora.

"Redes Sentimentais" tocava o tempo todo no seu aparelho de som. Elias procurava uma nota errada, uma subtonada de Claudivan. Nada. Aos seus ouvidos, a gravação final era perfeita. Todo aquele dia sem fim, os pedidos de repetição, o cansaço... tudo valeu a pena.

Ele lembrou que Claudivan queria deixar a sua cópia com Moura, mas o empresário garantiu que o dono do bar receberia logo a dele. Estaria Claudivan também admirando a obra? Não sabia. Até acreditava que isso fosse possível, sem convicção. Seu parceiro parecia bem diferente de momentos anteriores, mas seguia uma incógnita na sua percepção.

Bem, isso não era o mais importante. A questão era como chegar ao assunto com o pessoal da igreja. A banda teria que ser informada logo, mas a diretoria também. O pastor Elinaldo, o seu mentor Matias. Quem primeiro? Como abordar um tema tão delicado?

Pensou nos prós e contras de todas as possibilidades. Foi essa a indecisão que adiou o seu sono. No fim das contas, preferiu tentar agendar uma reunião com Elinaldo e Matias na sede principal, ainda antes do ensaio. Para isso, teria que acordar cedo. Já passava das 4h da manhã quando ele deitou de fato para dormir. O despertador foi programado para as 9h.

- Meu garoto! Deus te abençoe sempre! Nunca mais tinha me ligado. Algum problema com a nossa querida banda do Bonfim?

– Amém, pastor! A banda está ótima, mas eu queria falar com o senhor com certa urgência. Se seu Matias puder participar, melhor ainda.

– *Assim eu fico até preocupado, mas posso te receber lá na sede ainda nessa tarde. Fica bom pra você às 14h?*

– Tá ótimo. Ainda consigo chegar no ensaio a tempo.

– *A gente se vê, meu abençoado.*

– Amém, pastor. Até mais!

Elias não sabia qual seria a reação da dupla. Como ele abordaria a questão? Diretamente, sem dar muitos detalhes que pudessem gerar melindres desnecessários. Apesar de ter dormido pouco, sentia-se bem-disposto. Incomodava-o especialmente a reação dos dois à urgência da saída. Fosse bem aceito o afastamento, a notícia do show já no próximo domingo, dia de culto, era bastante ruim. Ele ainda teria a semana cheia, dificultando a preparação do eventual substituto.

Quanto a isso, ele até tinha alguém em vista (essa era a boa-nova). Ainda não havia falado nada para Josué, que participava do coral e fazia aulas de teclado por fora, mas sabia que o menino tinha talento. Era muito novo ainda, não chegava aos 20 anos e poderia sentir o baque, mas tinha capacidade. Conhecia o repertório, tocava algumas canções nos ensaios e até já tinha se saído bem no culto, num dia em que Elias não se sentiu bem e precisou sair antes do fim. O papel do garoto seria diferente do que exercia, com certeza. A banda seria comandada por Lucas, o violonista, mais experiente, que daria ao jovem a sustentação necessária para tocar o barco. Assim imaginava.

Chegou a Periperi antes das 13h30. Entrou na igreja e reviu alguns amigos, com quem ficou conversando. Elinaldo já estava lá, assim foi avisado. Preferiu aguardar até 5 minutos antes do horário marcado: "Se ele marcou 14h, é porque tem outro encontro antes". Acertou.

Elinaldo estava numa reunião com os responsáveis pelas finanças da igreja, animado com o aumento das ofertas e pensando em nova expansão. Ele usava óculos com uma armação discreta, que dançavam um pouco com a sua fala repleta de trejeitos e de movimentos frenéticos com as mãos. Estava sempre de terno na igreja. Jamais passava no local com traje menos formal, conduta que exigia dos demais pastores da Anunciação.

O tecladista já tinha subido até o andar superior, onde ficava a sala de Elinaldo, e esperava pacientemente o encerramento da reunião anterior, quando chegou ao local o maestro Matias. Sorriu para o pupilo e lhe deu um abraço.

– Ô, meu filho, que alegria te ver.

– A alegria é minha, seu Matias.

Ele já ia perguntar sobre o tema da reunião, quando a porta da sala se abriu e Elinaldo despediu-se dos presentes com algumas recomendações e bênçãos.

– Venham, meus maestros! Sejam bem-vindos. Aceitam um cafezinho? Vou pedir a Sílvia pra servir.

– É sempre bom, meu pastor – disse Matias.

– Mas o que nos traz aqui nesta tarde abençoada? Estou achando que é questão salarial! – disse, simpático, o pastor.

Não foi da boca para fora. O pastor acreditava que a questão pudesse ser um simples pedido de aumento. O mentor teria sido convidado para endossar a solicitação.

– Não é esse o caso, pastor.

– Algum problema com o pastor Luís, então?

– Também não. O problema, na verdade, é comigo mesmo – arriscou Elias.

– Algo pessoal? – perguntou Matias, sinceramente preocupado.

– Não, seu Matias. A questão é que... decidi sair da banda da igreja.

Os dois outros participantes da reunião trocaram um olhar surpreso.

– É algo que eu não imaginava – asseverou o pastor. – Qual o motivo para isso?

– Projetos profissionais que tenho e que devem me tomar muito tempo a partir de agora – Elias repetiu mecanicamente a frase que havia ensaiado. Gostou do resultado, mas não esperava a réplica do pastor.

– É uma proposta de outra igreja ou sua dupla de... como chama mesmo? De *arrocha*?

O tecladista gelou. Tentou disfarçar o impacto da pergunta do pastor, mas não conseguiu.

– Você acha que eu não sei da vida dos meus colaboradores, Elias? Eu sei de tudo o que acontece com o meu rebanho. Soube desde o início dessa sua jornada como cantor de bar. Pela sua reação, nem precisa responder. Vai abandonar a sua missão aqui para viver de música profana. Antes fosse nos deixar por uma concorrente...

– Pastor, não tenho por que mentir para o senhor...

– Agora que já percebeu que eu sei de tudo, não tem mais – interrompeu Elinaldo.

– Eu estou feliz com a minha carreira fora da igreja. Quero seguir meu caminho nela.

– Você lembra quando a gente começou a colocar Elias na banda, Matias? Sua dedicação para ensinar o menino? A satisfação dele em aprender o seu ofício e depois, quando foi oficialmente contratado? Eu lembro de tudo.

– Eu sou muito grato aos dois por tudo isso – disse constrangido Elias.

– A gratidão é a Deus. Tessalonicenses 5-18: "Em tudo dai graças". Você acredita estar sendo grato a tudo que Deus lhe concedeu por intermédio da nossa igreja? – perguntou com severidade o pastor.

– Eu sou grato, pastor. Muito grato. Trabalhei aqui com grande dedicação. Mas preciso seguir meu caminho. É a hora.

– Sua decisão, pelo jeito, já está tomada. Não preciso dizer mais nada. Você já percebeu o que eu penso sobre o assunto. Vai sair quando?

– Estou à disposição para participar do ensaio de hoje e tocar no culto de amanhã. Em seguida, já vou precisar me retirar.

– Bem, não quero mais você aqui também. Matias vai procurar um substituto desde hoje. Já tem minha autorização. Você passa aqui na segunda-feira para acertar a sua vida. Faça a gentileza de nem me procurar.

– Com a graça de Deus, encontrarei logo, pastor – respondeu Matias.

– Amém, meu bom amigo. É só isso mesmo, Elias?

– Eu não queria que a minha relação com o senhor e com a igreja acabasse dessa forma – lamentou o tecladista.

– Então devia ter agido diferente. Encerramos por aqui. Deus te abençoe!

– Amém, pastor. Que Ele siga abençoando o senhor e esta igreja também!

Na saída, depois de se afastarem da sala, Matias colocou a mão em seu ombro.

– Boa sorte, garoto!

– Obrigado, mestre. Peço desculpas...

– Esqueça – cortou o mentor. – O pastor gosta de você e ficou triste com a sua saída. Nada além disso. Orarei por seu sucesso. Quando eu tiver uma chance, vou te ver tocar.

– Será uma alegria. Muito obrigado mesmo, seu Matias. O senhor acalmou meu coração. Uma última coisa: tem um menino muito bom que ajuda lá no coral, Josué. Se o senhor der uma atenção especial a ele, pode ser um bom substituto para mim.

– Obrigado, Elias. Vou pensar com carinho na sua sugestão.

De fato, Elias saiu de uma sensação péssima para a paz em alguns minutos. Ele ainda se lembraria daquela fala de Elinaldo muitas vezes, inclusive na noite fatal de alguns meses depois. A tranquilidade que sentiu após a intervenção de Matias, porém, deu-lhe força para as próximas despedidas e para a transição.

Resolveu comunicar à banda apenas ao fim do ensaio. Cumprimentou os colegas normalmente, tocou as músicas com tranquilidade e, antes de se despedir, avisou que tinha um anúncio a fazer.

– Com um aperto no coração, aviso a todos que estou me desligando da banda.

– Sério, meu maestro? – indagou Marquinhos.

– É, sim, meu amigo. Vou fazer uma carreira fora aqui da igreja.

– E como vamos ficar?

– Seu Matias vai cuidar disso. Dará uma atenção especial ao nosso templo após a minha saída. Deus seguirá guiando os passos de vocês.

– Amém.

Todos confraternizaram com mais felicidade que tristeza. Só Luiza parecia distante. Abraçou Elias carinhosamente ao fim e disse que falaria melhor com ele no dia seguinte.

Tudo correu em paz no culto do domingo. Elias pediu que não houvesse despedidas para não se emocionar. Não teve jeito. No cântico de encerramento, o tecladista derramou algumas lágrimas. Após o fim do culto, seus pais foram abraçá-lo, como faziam sempre, e os três choraram um pouco mais.

– Eu só queria que você não se esquecesse de mim – disse Luiza, meiga, quando o abraçou na saída da igreja.

– Não vou me esquecer, Luiza.

– Nem eu vou deixar de pensar em ti. Você tem meu contato. Lembre-se de me avisar dos shows que fizer. Um dia eu apareço lá.

– Claro! Avisarei, sim.

Viu que ela também tinha os olhos úmidos. Lembrou do que Claudivan havia dito sobre a moça.

NA BANCA

– Washington, é Ruivan! Rui, aqui da banca. Chegou material novo da Marvel.

– Sério, Rui? Obrigado por ligar. Vou passar aí amanhã e confiro tudo. Ainda estou no trabalho, e hoje vai ficar tarde.

O policial tinha uma confraternização do trabalho naquela sexta-feira. Aniversário de um estagiário chegado a ele. Saíram às 18h e seguiram direto para o bar, no Rio Vermelho. Washington não bebia, nunca quis criar esse hábito. Os colegas e o delegado beberam por ele.

– Nem pra brindar meu aniversário, Washington? – disse Iverson.

– Nada! Nem é religião, nem nada.

– Tô ligado. Mas só um copo não vai fazer mal...

– Olhe que faz! Tenho um amigo que nunca bebe e justo no dia que tomou uma sobremesa com bebida, saiu de carro e foi parado numa blitz.

– E aí? – perguntou Lucas, seu ex-colega da faculdade.

– Não quis soprar o bafômetro com medo e tá respondendo a um processo aí.

– É de lenhar. Um cara certinho não pode mijar uma vez fora do penico – disse o delegado Borges.

Riram todos com o relato inusitado e com o bom humor do chefe. Borges era assim. Agradável, bem-relacionado. Era honesto, responsável com o trabalho, mas não dedicado como outros colegas da Divisão. Se via um caso em que a solução parecia óbvia, não se aprofundava na investigação. Relatava o inquérito com a conclusão a que chegou sem maiores diligências ou deixava lá o procedimento em algum dos armários para ver se alguém da equipe tinha uma nova ideia. Ele abstraía e passava para o próximo. "Com tanto assassinato em Salvador, se a gente focar em um que parece resolvido ou não tem solução, deixamos de fazer nosso trabalho" – comentava sempre.

Quando o relógio indicou 22h, Washington pediu a conta parcial. As convocações para a saideira – que Borges garantiu pagar – não surtiram efeito.

– Fiquem aí de boa. Tenho meu longo caminho a fazer.

Àquela altura, nem seria tão penoso. Variava seu meio de transporte no percurso para o trabalho. Muitas vezes ia de ônibus mesmo, mas quando tinha algo a fazer ou estava com preguiça de ir até o ponto e esperar, usava seu carro. Àquela hora, não demoraria nem trinta minutos para estar em casa.

Acordou no sábado sem pressa. Tomou achocolatado, comeu pão com requeijão cremoso e uma banana. Comia bastante, sempre. Tinha um compromisso à tarde. Almoçaria no Shopping Salvador e iria ao cinema, acompanhado de Lucas, da namorada dele e de uma amiga. Assistiriam a uma comédia, depois talvez dessem uma esticada. Ele normalmente ficava tenso nesse tipo de ocasião, que era evidentemente uma tentativa de armá-lo com a tal "amiga", mas naquele dia estava se sentindo tranquilo.

Lembrou-se da ligação de Ruivan na véspera e resolveu ir até a banca. Ainda estava cedo. Chegou lá antes das 9h30.

– Olha aí quem tá na área. Seu Washington! Já deixei seu material aqui separado.

– Obrigado pela atenção, Rui. Vou dar uma folheada nas revistas aqui.

Roma também estava na banca, como acontecia todas as manhãs. Ele puxou conversa com o jovem que encontrou pela segunda vez:

– Trabalha com o quê, Washington?

– Sou policial civil, seu Roma. Escrivão.

O detetive amador ficou impressionado com aquela informação, mas ainda não sabia a extensão da sua sorte.

– Hum, interessante. Aprecio muito o trabalho de investigação da Polícia Civil. Você trabalha em que delegacia especificamente?

– Na Divisão de Homicídios. Trabalho com os inquéritos policiais de lá.

Rui olhou imediatamente para Roma. Ficou curioso para ver a reação do amigo a tal surpresa. Seu Lopes Roma, por um lado, não queria parecer inconveniente; por outro, não perderia a oportunidade de entender qual seria a possibilidade de acesso do novo conhecido ao caso que havia mais de dois meses excitava a sua imaginação.

– Nosso amigo Roma gosta muito de casos policiais. Busca nos jornais, estuda os crimes e tem um faro danado para solucionar os mistérios – arriscou Rui.

– Na verdade, nosso trabalho é muito mais maçante do que parece. Muitos casos ficam sem solução. Outro monte é bem fácil de identificar. Poucos são os que mexem mesmo com a cabeça da gente – retrucou Washington.

– Teve um especificamente que me abalou muito – arriscou Roma. – O assassinato de dois jovens músicos num estúdio. Eu os conhecia, gostava deles.

– Não sei desse caso.

– Tem coisa de dois meses. Fiquei tão envolvido com o assunto que até fiz uma investigação paralela.

– Sério? – disse Washington num tom que não permitia a Roma identificar se era mera educação ou real interesse. – Rui, vou levar esses aqui. Muito obrigado! Mas o senhor chegou a descobrir alguma coisa sobre o caso, Roma?

– Algumas circunstâncias que podem ter influenciado. Um afastamento profissional de uma das vítimas, problemas com a bebida de outro, a dupla em pleno crescimento no meio musical, uma jovem namorada apaixonada. Situações que podem ter relação com o crime. Infelizmente, o meu acesso às informações do caso é restrito.

A desenvoltura de Roma para falar do assunto impressionou Washington. Ele pegou os nomes das vítimas e disse que daria uma olhada no caso. Agradeceu ao novo amigo e trocaram telefones.

– Coincidência boa, hein, Rominha?

– Rapaz, tô embasbacado aqui. Não acredito muito em coincidência. Acho que tem coisa aí, planos lá de cima.

O impacto que o comentário de Roma teve em Washington foi tal que após a sessão de cinema e uma pizza rápida com Lucas e as moças, ele passou na Divisão de Homicídios para averiguar a existência do inquérito. O amigo ficou um pouco chateado, porque tinha planos maiores de esticada, mas a jovem disse ter gostado de Washington. Ficaram de se ver novamente.

"Claudivan Soares de Santana", digitou no seu computador. O sistema indicou o número do inquérito policial procurado. Ainda estava em andamento, e ele foi até o armário para localizar. O delegado responsável era Romildo Borges. Existia mesmo, como ele imaginou. Morte no estúdio, laudos periciais, muitas testemunhas ouvidas, a última havia mais de duas semanas. Nenhuma conclusão aparente tomada. Deixou em sua mesa para a segunda-feira. Começaria a semana com ele, já era tarde naquele sábado e preferiu descansar.

Chegou ao trabalho ainda às 7h30 da segunda e começou a olhar os autos. Segundo a sua impressão inicial – que imaginou ser também a do delegado e a dos demais colegas que tinham acessado os autos, não havia nada que apontasse para algo diferente de latrocínio. Houve as mortes e o furto de bens do estúdio. O responsável – ou responsáveis – ninguém sabia nem tinha visto.

A experiência de Washington com esse tipo de caso indicava o rumo do arquivamento depois de alguns meses. Talvez nem uma diligência a mais. Era um daqueles inquéritos com solução óbvia cuja continuidade implicaria a movimentação de força policial, gasto de tempo e desgaste sem efetividade.

Não fossem as circunstâncias elencadas por Roma, ele teria deixado o inquérito no armário para que tivesse o fim previsto. De posse daquelas informações, procurou entre as pessoas ouvidas, mas não estavam ali a jovem apaixonada nem qualquer referência significativa a problemas mais sérios com bebida, e o único ex-patrão que constava dos autos era um dono de bar que aparentava grande carinho pelos rapazes, falando com muita afeição de cada um deles e do sucesso que faziam no seu estabelecimento, onde chegaram a se apresentar semanalmente.

Desse jeito, não devolveria a investigação a um canto. Pediria para trabalhar no assunto e pensar em soluções.

– Pode ficar com ela. Quem estava me ajudando nesse caso era o seu amigo Lucas – indicou o delegado. – Já falei com ele sobre o assunto e não estávamos vendo mais nada a fazer. Aparentemente, é latrocínio de autoria desconhecida mesmo.

– É o mais provável, delegado. Mas vou dar uma olhada com mais calma nele. Tem problema eu levar isso para casa?

– Precisa? Problema não tem. Dê preferência para analisar aqui, mas precisando levar, só tome os cuidados de praxe.

– Pode deixar.

Não levaria ainda o inquérito, mas procuraria o detetive da banca.

ENDEREÇO E PROMESSA

Resolveu não telefonar da Divisão. Ele trabalhava numa sala cheia, com vários colegas que poderiam ouvir a conversa, o que não seria bom. O assunto era um tema do trabalho. Convinha esperar outro momento.

Sabendo do hábito diário de Roma de ir à banca pela manhã, esperou o dia seguinte para falar diretamente com ele. Não deu sorte.

– Já foi para a casa dele, Washington.

– Sério? Será que ainda volta?

– Certeza que sim, mas normalmente demora um pouco. Não tem nem dez minutos que saiu daqui com o jornal.

– Até peguei o telefone dele no outro dia. Acho que vou ligar mesmo.

– Outra opção é você passar na casa dele. É aqui perto.

– Não seria incômodo?

– É para falar do caso dos meninos da dupla, não é?

– Esse é um assunto delicado, coisa de trabalho. Gostaria que o senhor não comentasse isso com mais ninguém, mas é, sim.

– Se o assunto é esse, ele terá o maior prazer em receber você em casa. Ele tá fissurado no caso desde que soube do ocorrido.

– E por que isso?

– Ele gosta desses casos policiais desde que eu o conheço. Tem coisa de 15 anos. Quando se aposentou e logo depois viuvou, sem mais preocupações na vida, os filhos independentes e longe daqui, ficou ainda mais interessado. Nesse caso pesou muito que conhecia os rapazes. Gostava do som deles, ouvia no rádio, tinha ido a shows e tudo. Aí ficou realmente envolvido com essa história. Lembro que eu mesmo dei a notícia no dia seguinte aqui na banca.

– Se você acha que ele gostaria da visita, passa o endereço, por favor.

A campainha tocou, surpreendendo seu Ubirajara. Ele ainda estava sentado à mesa, folheando o jornal do dia e terminando seu café. Olhou pela fresta da janela e viu o policial. Só poderia ser por aquele assunto. Sentiu o coração acelerar quando se encaminhou para a porta.

– Ora, Washington! Que surpresa! Entre aí, fique à vontade.

– Obrigado, seu Roma.

– O que te traz aqui, meu amigo?

– Imagino que o senhor desconfie. É o caso dos músicos assassinados. Dei uma olhada no inquérito ontem.

– E o que você achou?

– Peço a máxima discrição no que vou relatar ao senhor. O que me parece é que a investigação estava acomodada com a ideia do latrocínio.

– Não foi latrocínio. Disso tenho certeza.

– Como?

– Pelos detalhes do caso. Contarei tudo que apurei a você.

Então relatou o sucesso da dupla, a sua ascensão rápida, as execuções das músicas na rádio, as apresentações cheias de gente. Ponderou que esse tipo de crescimento gera problemas, inveja, raiva. Depois narrou a sua ida ao Bar do Moura e tudo o que extraiu das conversas daquele dia. Pegou o caderno de anotações, falou que planejava tanto uma ida à igreja quanto uma visita ao estúdio. Quanto à igreja, poderia encontrar o local sem problemas, mas o estúdio era impossível – já havia tentado.

– O endereço do estúdio eu consigo nos autos. Teve perícia lá. A igreja é que tem poucas referências, pelo que vi.

– Elias havia se desligado da banda da igreja há pouco tempo. Tocou lá muitos anos e saiu para se dedicar à carreira com Claudivan. O estúdio eu queria muito ver. Melhor seria se fosse mais perto do crime, mas agora ainda serviria para entender algumas coisas e pegar informações que podem ser valiosas com o dono.

– Acho difícil que o estúdio seja mesmo útil para o senhor...

– Esse "senhor" já está me incomodando. Sei que tenho idade

para ser seu pai, mas me trate por você, por favor.

– Sem problemas. Acho que lá você não vai encontrar nada. Periciaram o local no dia, tem um monte de coisa anotada nos autos.

– Mesmo assim eu queria ver o lugar. E, mais ainda, eu gostaria de ver os autos…

Roma julgou ser um movimento arriscado, mas a abertura que Washington lhe dava o deixou confiante para fazer a insinuação.

– Eu penso mesmo em fazer isso, Roma. Quero trazer para casa os autos na próxima sexta-feira e passar aqui para que você possa dar uma boa olhada.

Roma abriu um sorriso largo. Aceitou extremamente satisfeito a ideia do jovem amigo, que o colocava tão perto de uma investigação real, oficial. Washington, por sua vez, estava curioso para saber o que o detetive amador concluiria de posse de maiores informações sobre o caso, já que, com o pouco que tinha, convencera-o de uma hipótese bem diferente da vislumbrada pelo delegado e por seus colegas no inquérito. Havia algo de especial na leitura da situação que Roma fazia, e ele desejava descobrir onde isso daria.

– Mesmo sabendo que posso estar abusando da sua confiança, gostaria de pedir mais uma coisa – solicitou Lopes Roma.

– O quê?

– O endereço do estúdio. Se você me conseguir isso antes do fim de semana, aproveito para passar lá nos próximos dias. Não se preocupe, serei discreto como fui no bar. Ninguém desconfiou de nada lá nem desconfiará no estúdio.

– Confio em você, Roma. Fique atento ao celular hoje. Vou te mandar a localização do estúdio em uma mensagem.

Washington julgava um tanto imprudente o que fazia, mas não se lembrava de se sentir tão motivado a solucionar uma investigação. Seguiria com a ideia de contar com o auxílio de Roma. Logo que chegou ao trabalho, cumpriu o prometido, possibilitando a tão desejada visita do novo parceiro ao local do crime.

SUCESSO

– Divã, estou tremendo aqui...

– Relaxe, meu primo. Vai dar tudo certo – Messias tentou acalmar o tecladista.

– Elias, a banda vai lhe dar o suporte. Eu estarei aqui. Estou tranquilo. Se você travar, dê uma segurada, que os caras tocam o barco. Respire e volte.

A experiência de Claudivan fazia diferença naquele momento de tensão. O público já chegava ao Cais: era muita gente. Eles já haviam acompanhado o movimento na parte de fora da casa de eventos. Agora as pessoas estavam entrando no espaço. A presença de Messias no *backstage* foi um pedido do próprio Elias. Acreditava que as brincadeiras do primo pudessem ajudar a aliviar a tensão, mas nem uma massagem ao som de Enya seria suficiente para ele naquela hora.

– Foi corrido, mas os ensaios foram bons – continuou Claudivan. – Os caras são experientes. Frio na barriga dá em todo mundo, também estou nessa aqui, mas chegando lá vai passar.

– É a nossa chance. Não pode dar nada errado...

– Algumas coisas vão dar errado e a maioria vai dar certo. Vá por mim. Respire, tome um copo d'água, vá ao banheiro, faça sua prece e vamos juntos.

Elias obedeceu. Ainda faltava meia hora para o início combinado do show. Era importante seguir um ritual, ocupar o tempo até lá, sob pena de ele sofrer um ataque cardíaco. Trinta minutos até o show, mas vinte até o encontro com Edenilson e com os músicos atrás do palco para uma última conversa.

– Você não esqueça de falar meu nome, viu, Claudivan?

– Fique tranquilo, Messa. Não vou esquecer.

– Meus planos para a noite dependem disso. "Um abraço pra meu amigo Messias, primo de Elias, que veio prestigiar esta noite bonita..."

– Eu sei, rapaz. Já decorei. Tá de boa. Você vai ter sua dedicatória em alto e bom som.

– Estarei em frente ao palco, não tem erro!

O tecladista voltou. Ainda estava nervoso. Mal tinha saído do banheiro e já sentia vontade de ir novamente. Confidenciou também isso a Claudivan, recebendo novas mensagens de tranquilidade e de perspectiva de sucesso.

– Outra coisa: deixe que eu falo com o público. Fique concentrado no seu instrumento, na sua performance. Se você se sentir à vontade para falar, pode mandar brasa. A questão é tirar de seus ombros mais esse peso. Estou tranquilo e faço as apresentações todas, os agradecimentos, as brincadeiras.

– Obrigado, meu amigo. Fico mais tranquilo assim.

Edenilson convocou todos para a reunião e Messias aproveitou para se despedir. O produtor relembrou os detalhes combinados e pediu desculpas pela velocidade com que tudo aconteceu.

– Em pouco mais de duas semanas entre a gravação, os ensaios e o show, vocês fizeram um trabalho excepcional. Mais uma vez, tenho a certeza de que meu faro e o projeto da nossa equipe darão grandes frutos. Elias, meu jovem, estou sentindo que você está pilhado! Confie em seu taco! Eu confio! Lá ele!

– Estou me sentindo melhor agora, seu Edenilson – tentou tranquilizá-lo Elias.

– Que bom! Lembrem: é um show pequeno. As três próprias de vocês mais os 4 *covers*, abrindo e fechando com "Redes", para divulgar bem a música e vocês já sentirem a receptividade da galera. Botamos pocando na rádio esta semana. Em 40 ou 45 minutos estaremos aqui rindo e celebrando. Deus no comando! Vamos nessa!

Elias, por sua formação religiosa, sempre gostava de ouvir o nome do Criador. Antes de entrar no palco ainda puxou um "Pai-Nosso" em voz alta, sendo acompanhado por todos.

Um apresentador contratado por Edenilson anunciou a "dupla do novo sucesso "Redes Sentimentais", Johnnie Walker da Seresta!"

E eles entraram. Só a bateria e o contrabaixo no início. Logo depois seria Elias. Todos olharam para ele quando os holofotes ligaram em sua direção. Tentando relembrar o que aconteceu após o show, apenas relatou que, quando as luzes ligaram, foi como se o som tivesse parado. Ele não ouviu nada por alguns instantes, por isso demorou mais uma frase inteira para entrar. Como Claudivan dissera, a banda experiente seguraria as pontas. O tecladista respirou e mandou ver na introdução.

Sentiu um barulho de volta na plateia e sorriu, tranquilizando-se. Faltava Divã, que passeava pelo palco e sorria, parecendo muito à vontade. Entrou certo e afinado, como de costume. Quando chegou ao refrão, o cantor sentiu que parte do público cantava com ele, e pediu ajuda:

– Te mandei um e-mail
Você leu
Te chamei pelo "Face"… e aí?
– Você riu – muita gente cantou junto.
– Mas na hora do encontro, do beijo molhado…
– Você sumiu – mais gente ainda acompanhou.

E assim o clima foi ficando cada vez mais favorável. Terminaram a primeira música e emendaram um *cover*. Um clássico da MPB em ritmo de arrocha. Ótima recepção também. Seguiram com uma outra composição própria. A primeira que Claudivan compôs para a dupla:

É todo dia assim
Um vem e volta
Um volta e vai

A gente acaba
E depois na mesma hora
Não aguenta mais
É como um vício

A beira de um precipício
Uma doença terminal

E depois quando me canso
Eu falo manso
Que isso não é normal

Vá simbora
Lá pra fora
Fecha a porta agora
Que eu não quero mais você aqui

É mentira
Tudo pilha
Fica minha linda
Não consigo é viver sem ti

Deu tudo certo. Depois de "Vem e Volta", Claudivan cumpriu o prometido a Messias, que acenou de volta, sorridente. O resto do show transcorreu muito bem, e o camarim estava em festa. Edenilson recebeu-os já na saída do palco com um grande sorriso.

– Arrebentaram, meninos! Estou muito satisfeito. Galera adorou.
– Obrigado, seu Edenilson. Foi uma noite de sonho...
– Que só está começando! Volto já.

Edenilson voltou em poucos minutos com a atração principal da noite, a cantora Nil Soares, artista que ele também produzia. Estava já com o figurino do show, maquiada e de cabelo pronto. Ela foi muito gentil e elogiou a dupla, suas músicas e a voz de Divã.

– Como vocês compõem, aceito presentes, hein? – disse ao final.
– Se a gente estiver à altura, Nil – retrucou Elias.
– Oxente! Já estou pedindo! Vão acompanhar meu show, né?
– Claro. Será um prazer – emendou Divã.
– Ed vai levar vocês para o camarote. Depois a gente se fala

mais. Vou encerrar meus preparativos, que subo no palco em menos de meia hora.

Seguiram então para o camarote, passando pelo público com alguns seguranças. Puderam perceber a aproximação das pessoas enquanto cruzavam a pista até a escada que dava acesso aos camarotes. Lá em cima estavam alguns amigos de Edenilson, pessoas que a dupla conheceu no estúdio e algumas mulheres. Todos muito sorridentes, bebendo e parabenizando a banda pela apresentação.

– A primeira de muitas! – brindaram juntos. Elias ficou no refrigerante, como de costume.

Se não cedeu ao álcool, a história foi diferente com o assédio feminino. Não demorou para que Claudivan começasse a dançar com uma moça, e logo estava trocando beijos com ela. Elias era mais tímido, mas também cedeu aos encantos de outra jovem no meio do show de Nil.

Messias ainda ficou na pista um bom tempo, mas tinha acesso livre ao camarote e se encaminhou para lá. Passou por uma moça jovem que olhava para cima e chorava. Percebeu que seu olhar estava na direção de Elias.

– Eta coisa boa, hein, primo? Showzão. E quem é essa moça bonita?

– Stefany. Prazer!

– Todo meu! Você me empresta o nosso artista só um instante?

Afastou-se com Elias e descreveu a cena que havia presenciado lá embaixo. Foram discretamente até a sacada do camarote, e Elias reconheceu Luiza. Estava com um penteado novo e com roupas bem diferentes das que costumava vestir.

– Rapaz, é aquela menina que parece que gosta de mim lá da igreja.

– Deve ter visto você se pegando com a princesa de Mônaco aí...

– E agora?

– Oxi! Eu é que sei? Vai querer curtir sua fama na solteirice ou vai fechar com a menina séria? Aí é com você, Roberto Carlos e as baleias...

Decisão difícil para uma noite tão agitada.

NAMORO E SAÍDA

Pensou por alguns momentos e preferiu descer. Falou rápido com a menina com quem esteve e foi procurar Luiza, sem saber exatamente o que dizer. Ao passar pela escada, porém, sentiu-se bem-disposto para uma situação complicada como aquela. Encontrou-a ainda com os olhos úmidos, como percebeu após tocar no seu ombro.

– Oi, Elias – ela disse, enxugando as lágrimas. – Parabéns pelo show. Você me viu lá de cima?

– Vi, sim. Só agora.

– Eu já tinha te visto há muito tempo. Desde que passou pela pista. Tentei te chamar, mas estava muita confusão.

– Ah, me desculpe. Não ouvi.

Ficou um clima estranho. Ninguém sabia quem tocaria primeiro no assunto. Elias puxou-a para um lugar menos barulhento da pista e resolveu assumir a responsabilidade.

– Acho que sei o motivo do seu choro...

– É coisa minha.

– Você me viu com a moça, não é?

– Sim. Como eu disse, é coisa minha. Lembrei da sua promessa de não me esquecer, e no primeiro show após aquele dia já te vejo com outra mulher. Sei que você não tem nada comigo, nem me deve satisfação – observou, resignada.

– Mas eu não te esqueci. Não sabia que você viria. Conheci aquela menina hoje. Fiquei feliz em te ver e chateado pelo que você viu.

Luiza sorriu. Começou a pensar na parte boa da história. Elias tinha deixado a moça lá quando a viu, veio até ela, falava com doçura. Apesar de não ser tão experiente em relacionamentos, Luiza sabia fazer o jogo da conquista e ler esse tipo de sinal.

– Que bom que você desceu para falar comigo.

– Vou ficar aqui com você.

Tocou o rosto dela com as costas da mão e perguntou se ela se incomodaria.

– Com o quê? – ela ainda retrucou.

E Elias a beijou.

– Lógico que não me incomodei. Queria muito isso, há bastante tempo. A questão é que você sabe que sou uma moça de...

– Fique tranquila – interrompeu Elias. – Isso é um pedido de namoro.

Luiza não cabia em si de alegria. O músico pensou depois que não teria a mesma confiança se o sucesso da noite não tivesse sido tão retumbante. Estava leve, seguro e feliz. Seguiram juntos até o resto da apresentação. Não quiseram subir novamente por conta da menina com quem Elias começara a noite, mas para eles isso não tinha a menor importância.

Ali na pista eles perderam contato com o que acontecia no andar de cima. Messias explicou a situação do primo a Claudivan, em meio a declarações sobre as suas peripécias no show, referindo que a dedicatória combinada foi decisiva.

– Fiquei mais bonito na hora, Divã! Só vi o mulheril se aproximando, sorriso pra lá, sorriso pra cá. Dava pra escolher, velho. A menina que eu peguei, *afemaria*. Ficamos lá até o fim do show, só love, só love, troquei telefone e tudo. Ma-ra-vi-lho-sa. Depois te mostro a foto dela no Instagram.

– Não deu pra ver de lá de cima, não, mas boto fé.

– Tô lhe dizendo, rapaz. Top toda! Mas essa sua conquista aí, com todo respeito, também não fica atrás, não...

A moça que acompanhava o cantor voltou do banheiro, e Messias se afastou um pouco. Assim, não percebeu imediatamente uma mudança repentina de comportamento de Claudivan. Ele estava olhando para a plateia quando se virou para ela e disse que precisava ir. Ainda teve o cuidado de se despedir de Edenilson e aceitou que o empresário conseguisse para ele um transporte até a sua casa.

Teve dificuldades para dormir naquela noite, por razões que não imaginava, precisando de algumas doses de whisky antes.

ROMA NO ESTÚDIO

O estúdio não era a única ideia na cabeça de seu Lopes Roma, como foi tratado. O almejado endereço estava na sua mão, mas havia outro plano. Uma outra ponta solta que precisava ser vista de perto: conhecer mais sobre a igreja. Já estava na manhã da quarta-feira e gostaria de visitar os dois lugares antes do fim de semana.

O dia seria de uma primeira visita ao estúdio. Já tinha acertado a corrida com Júnior para aquela tarde. Iria pela primeira vez até o local do crime, cheio de planos e de análises da melhor abordagem a fazer. Aquela provavelmente seria uma visita curta, que prepararia uma volta com mais tempo. Talvez fosse suficiente para que ele tirasse conclusões, mas isso não lhe parecia garantido.

Pediu a Júnior que o deixasse no local anotado e retornasse em uma hora. Se precisasse de mais tempo, telefonaria para o taxista avisando.

Desceu na rua que dava acesso à ladeira do estúdio. Na verdade, era uma rampa um tanto íngreme: não subiam carros no lugar. Uma escadaria ligava a rua de baixo à referida subida. Era um local simples, apenas de casas térreas. Contando da subida da escada, a casa de portão vermelho onde funcionava o estúdio era a quarta. As três anteriores tinham um desenho diferente, pois não havia um espaço à frente da construção e eram geminadas. Assim, as suas janelas davam diretamente para a ladeira, que era a única forma de acessar o estúdio. A subida também era curta; acabava num paredão e numa nova escadaria para subir à esquerda.

Roma foi até lá, mas nem fez questão de subir. Era uma escada estreita, que provavelmente daria acesso a outras travessas e casas. Um cenário bem típico das favelas soteropolitanas. O "detetive" concluiu que a chegada e a saída foram por baixo. Desceu tudo e subiu novamente a escadaria, convicto de que aquele fora o caminho dos assassinos.

Chegou ao portão da casa e, antes de bater, lembrou-se da conversa que tivera no Bar do Moura. Tocou na fechadura e, ao forçar um pouco, percebeu que a porta se abriu. Sorriu com a facilidade, entendendo que a entrada no estúdio fora realmente tranquila para o autor do crime. Puxou de volta a porta com cuidado, batendo-a suavemente e gritando "ô de casa!". Esperou um pouco e logo apareceu Osmar.

– Boa tarde! O que o senhor manda?

– Boa, meu amigo. Eu estava aqui perto na casa de um amigo que me avisou sobre este estúdio. Gostaria de conhecer as instalações pra ver se marco um horário aqui. Pode ser?

– Pode ficar à vontade. Não se incomode com os cachorros, não, que eles não mordem. Pode entrar tranquilo (lá ele!). Não tem ninguém ensaiando agora.

– Obrigado.

E assim Roma viu à sua frente com mais detalhes a varandinha onde os cachorros ficavam e uma casinha onde se abrigavam da chuva quando necessário. Do lado direito, a porta de acesso ao estúdio. Passando por ela, em frente, havia outra porta para o gabinete onde ficava o operador, com sua mesa de som e seus controles. À esquerda, o cômodo principal, com os amplificadores, uma bateria montada, sem pratos, alguns instrumentos de percussão, suportes, pedestais e microfones. Fios por toda parte.

O curto corredor entre a porta de acesso e o espaço principal imediatamente trouxe outro *insight* ao investigador. "Foi um só", pensou ele. Um assassino só. Entrou sozinho no estúdio e muito provavelmente atirou daquele pequeno corredor, sem nem se aproximar das vítimas.

– O senhor tem alguma banda? – perguntou Osmar, interrompendo os devaneios de Roma.

– Já tive, meu jovem. Quando era mais moço, me juntei aos colegas da repartição e montei um conjunto. A gente chegou a se apresentar em barzinho, era uma coisa bacana.

– E tocavam o quê?

– MPB. Uns sambas, bossa nova, coisas assim. Estou pensando em reunir o pessoal pra fazer um som de novo.

Tudo mentira. Ainda tinha um violão em casa, e chegou mesmo a tocar quando mais jovem. Banda com colegas de trabalho? Nem de longe. Tinha o discurso pronto na cabeça. Objetivo da visita, instrumento que tocava, histórico, estilo musical, tudo na ponta da língua. Era só responder o que havia ensaiado. Roma sentia-se um investigador de verdade, pondo em execução sua tão bem planejada história-cobertura.

– Tem alguma gravação feita aqui para eu ouvir o som?

– Tenho sim. Por favor, me acompanhe.

– Pois não. Só mais uma coisa: o suporte do teclado é aquele ali, né?

– Isso mesmo.

– Numa banda com bateria, violão, contrabaixo, teclado e vocal, como ficaria a posição da gente aqui?

– Apesar de o suporte ser móvel, a galera costuma deixar o teclado ali naquele canto mesmo. Violão, cavaquinho e o que mais tiver deste lado, o baixo na caixa dele, perto da bateria.

– E o vocal?

– O principal é aquele ali.

Assim, o teclado ficaria no canto direito do operador. A bateria ao fundo, no canto esquerdo. O vocal logo em frente, mais centralizado.

Roma já tinha o que precisava. Ainda ouviu algumas canções, pegou o telefone do estúdio, fazendo elogios e prometendo retornar, o que jamais faria. Veria nos autos o que os policiais concluíram dali e compararia com as suas impressões.

Ainda havia a outra visita a ser feita. Apesar de saber que domingo seria o melhor dia para ir à igreja, preferiu informar-se por telefone sobre reuniões ou cultos que acontecessem em outros dias da semana.

Conseguiu sem maiores dificuldades na internet um telefone de contato e ligou ainda no fim daquela tarde, sendo informado de que na sexta-feira haveria um encontro no local, onde o pastor Elinaldo, líder maior do grupo religioso, pregaria e daria orientações às famílias. Perguntou se haveria algum problema em comparecer pela primeira vez à casa naquela ocasião. Ao contrário, foi incentivado a estar presente.

Não perderia a oportunidade.

AUTOS NA MÃO

A quinta-feira foi de planos, de preparativos. Ainda que a maior probabilidade fosse a de fazer apenas uma visita de observação, sem qualquer contato verbal com os demais presentes, Roma não sabia o tamanho da reunião, as conversas que lá haveria, nem a possibilidade de ser convocado a dar um testemunho. Assim, era importante ter um discurso em mente, uma mentira bem ensaiada como a que contara no estúdio.

Ainda cedo, no dia da "diligência", deu a tradicional passada para falar com Ruivan e contou dos seus planos do dia.

— Será que hoje vai ter mais uma linha aberta, Rominha?

— Quero mais é saber se tem alguma coisa estranha com essa igreja e com a menina. Não sei se vai ser muito produtivo, mas preciso tentar.

— E o processo?

— Hoje de noite. Marquei com Washington às 8h lá em casa.

O culto era às 16h. Ao anoitecer, já estaria de volta. Quando saiu da banca, passou no mercado para dar uma abastecida em casa. Comprou alguns itens que só tinha nos armários e na geladeira quando recebia uma visita dos seus filhos, que eram mais ou menos da idade de Washington. Não sabia se o policial apenas deixaria os autos na sua casa ou se ficaria para conversar um pouco. Preparou-se para a segunda possibilidade, com alguns petiscos, refrigerante e latinhas de cerveja.

Almoçou na própria residência uma das quentinhas que encomendava com dona Marilda, viúva que cozinhava como poucos. "O tempero da senhora me lembra o de minha mãe", costumava dizer a ela. Naquele dia, deixou o dendê no congelador e comeu "comida de doente" mesmo, como dizia ao almoçar frango com arroz e purê de batata. O que dava uma graça a mais era o molho de pimenta que ele mesmo fazia e acompanhava bem qualquer refeição.

Tomou seu rumo às 14h30, desta vez andando mesmo. Resolveu fazer uma "ginástica", como se dizia no seu tempo de jovem. O dia estava parcialmente nublado, mas bem ventilado. Julgou que a sua chegada caminhando fosse interessante para absorver os detalhes do ambiente e da movimentação das pessoas. Gostaria de deixar a impressão de que viera de perto, de passar com frequência em frente à igreja e ter resolvido entrar um dia para conhecer.

Lembrou-se também de levar a Bíblia que tinha em casa na missão. Lia-a pouco normalmente. Gostava do Salmo 91, que sempre ficava marcado, além de alguns trechos dos Evangelhos e da Epístola aos Coríntios, lida diversas nos muitos casamentos a que estivera presente. Trazia a Bíblia para não levantar qualquer desconfiança extra sobre a sua presença, de modo que pudesse acompanhar o culto adequadamente, ou, ao menos, que conseguisse disfarçar a sua atenção em outro evento mais importante naquela tarde com os olhos fixos no livro.

A igreja era ampla. Sabia que aquela não era a sede, por isso se impressionou. Foi construída a partir da reforma do galpão principal de uma fábrica de biscoitos e salgadinhos. No salão, cabiam cerca de trezentas pessoas sentadas. A igreja não lotava sempre, mas era comum ter as cadeiras de plástico com grande ocupação e algumas pessoas em pé no espaço próximo à porta de entrada.

O palco era baixo, mas também muito espaçoso. Alguns equipamentos musicais (uma bateria montada, suportes e pedestais) estavam no canto direito, onde soube que a banda de Elias tocava. Do meio para a esquerda, havia um púlpito, além de muitas cadeiras.

Roma pensou só naquele momento em um inconveniente: Lucivana, a esposa de seu Moura, poderia estar presente e reconhecê-lo. Não chegava a ser algo preocupante, provavelmente seria tranquilo de contornar. Esse pensamento, porém, gerou certa angústia em Roma, que gostava de antecipar todos os eventuais problemas que poderia enfrentar. Torceria para não encontrar aquela senhora; caso encontrasse, torceria para não ser reconhecido. Por fim, se tudo desse errado, disfarçaria e tentaria não se desgarrar do seu plano original.

Ele chegou a acessar a parte interna da igreja, mas concluiu que seria melhor aguardar a tomada dos lugares pelos demais fiéis, a fim de entender melhor a organização. O primeiro momento realmente impactante do dia foi quando viu Luiza. Era ela, ele percebeu. De cabelos presos, vestido azul-escuro, olhos fundos. Muito jovem. Tinha olheiras bem acentuadas, característica de quem atravessa dificuldades para dormir há muito tempo.

A certeza que tomou conta do investigador foi tal que a acompanhou com os olhos até a sua cadeira e resolveu sentar na fileira atrás dela. Luiza estava acompanhada de outra jovem. A moça ainda sofria por causa de Elias, conforme sua correta conclusão. Ouviu rapidamente a confirmação do nome em um comentário trivial da amiga. Dali era certo que ouviria alguma conversa, um lamento, uma impressão.

"Algo útil sairá daqui!", pensou o detetive amador. Sentia que a sorte (ou seria a justiça?) acompanhava seus passos naquela tarde.

Quando faltavam cinco minutos para as 16h, chegou ali o pastor Elinaldo. Passou rapidamente pelo corredor, cumprimentando e derramando bênçãos aos presentes.

– Você não devia ter vindo, Lu.

– Pelo contrário, Cau, eu precisei vir. Quero ouvir a pregação do pastor e se ele vai falar algo sobre Elias. Depois de tudo o que meu amor me contou, tenho que saber se pode ter alguma coisa aí. Jesus me perdoe, mas preciso saber.

Sentiu que não era o único investigador naquele lugar. Percebeu que a voz dela embargava quando vinha a lembrança do ex-namorado. Os olhos, a voz, as palavras que utilizava: tudo confirmava a ideia do detetive sobre a namorada do tecladista. Roma não tinha ido até lá para apurar um eventual envolvimento de Luiza no caso.

Desde o comentário de Lucivana no Bar do Moura, tinha a convicção de que ela era quase tão vítima quanto Elias na situação. Gostou de encontrá-la e de estar ali perto dela para buscar alguma novidade do caso, uma suspeita. Logo no primeiro momento, já captou um discurso estranho da jovem. Iria se dividir entre a pregação de Elinaldo e os comentários da dupla à sua frente para saber de mais detalhes sobre o que a moça falava.

– Meus irmãos! Que o Senhor Jesus abençoe a todos. Já tinha era tempo que eu não vinha a este templo. Está muito bem cuidado! Fico satisfeito por pregar aqui hoje, em frente a cristãos de tanto valor, dedicados à nossa querida Anunciação.

E... nada. Nem uma palavra sobre Elias. Nada sobre o crime que abalara aquela comunidade cristã. Elinaldo ministrou uma exposição de versículos bíblicos relacionados a questões familiares, à educação dos filhos, aos ditos papéis do homem e da mulher nas casas. Roma ficou impressionado com o pastor. Não tanto com o conteúdo, uma combinação de trechos de diversos livros, especialmente de *Provérbios*, que trazia mensagens não tão complicadas de entender. O que cativou o membro estranho do auditório foi a ênfase que o expositor dava a algumas palavras, em especial ao número dos capítulos e versículos, que citava com desenvoltura. Apesar da Bíblia aberta, Roma percebeu que ele sabia tudo de cór. Aos iniciados, Elinaldo pregou como num dia rotineiro, para um rebanho conhecido.

Não fosse a sua caminhada convicta na direção de Luiza após o encerramento do culto, ela teria saído ofendida e ainda mais desconfiada da igreja naquela tarde. Não comentou quase nada com Cláudia durante a exposição. Mais trocaram olhares que qualquer outra coisa. Quando o pastor desceu do palco e foi até ela, porém, seu coração palpitou. Roma percebeu a relevância da situação e permaneceu por perto.

– Luiza, minha menina. Deus te abençoe sempre. Vim até você para lhe oferecer meu conforto e rogar pelas bênçãos de Jesus para diminuir sua aflição.

Ela ficou muito surpresa. Já havia sido apresentada ao pastor da sede em outra oportunidade. Trocou também algumas palavras com Elinaldo em visitas anteriores dele ao Bonfim. Aquela abordagem, entretanto, era inesperada. Tentando se recompor da forte impressão que teve, respondeu:

– Obrigada, pastor. Estou realmente me sentindo sem rumo. Tenho rogado muito a Deus que me ilumine, mas sigo numa grande tristeza. Pior é não saber ao certo o que aconteceu e quem seria capaz de uma coisa dessas.

– Eu também tenho pedido muito a Jesus que lhe dê conforto, assim como a mim.

– Ao senhor?

– Sim. Elias deve ter lhe dito que nós tivemos um desentendimento quando ele me comunicou que sairia da nossa Anunciação. Desde aquele dia não conversamos mais. A notícia de sua morte me impactou muito. Queria ter deixado outra impressão no meu contato final com ele.

– Ele também ficou sentido, pastor. Pensava em tentar um novo contato com o senhor. Ele tinha muita consideração pelo senhor.

– Eu acredito nisso. Na hora, tomei ele como ingrato e não abrandei meu coração. Esse sentimento só veio depois da tristeza com a tragédia. Pedi muito perdão ao Senhor Nosso Deus, mas ainda estou aflito com essa situação.

Dizendo isso com grande sentimento, Elinaldo fez a suspeita de Luiza esvair-se. Não a de Roma. O fato de Luiza desconfiar que o pastor tinha responsabilidade sobre o assassinato de Elias, por conta do desligamento traumático da igreja, era um elemento que corroborava com a sua impressão sobre a possibilidade de vinculação de alguém do grupo religioso com o crime. Alguns meses depois, ele poderia idealizar aquela cena com a jovem, especialmente para despistar sua eventual participação no caso.

Os autos, porém, poderiam colocá-lo em outro caminho. Caso não o fizessem, essa era uma possibilidade de motivo. "E se esse sentimento do pastor for sincero, mas por um arrependimento ainda maior? Ainda mais determinante? Não posso descartar essa hipótese", pensava seu Lopes Roma nas ruas que o levariam até sua casa.

Chegou já com a noite caída, mas muito longe do horário combinado com Washington. Teve tempo para um bom banho e uma refeição rápida. Ligou o televisor para ver se a hora que o afastava do compromisso passava mais rápido. Mal entendia as imagens ou o texto das personagens da novela leve e divertida, de moças de poucas roupas e rapazes descamisados, pela qual não tinha mesmo qualquer interesse. Só pensava no caso. No caso e na conversa que teria com o amigo policial.

Com dez minutos de atraso, o visitante apareceu.

– Washington?

– Eu mesmo, seu Roma.

– Entre! Olhe o menino aí – disse, sorrindo.

O inquérito policial tinha dois volumes. Washington falou que gostaria de conversar um pouco sobre os autos, mas antes se mostrou curioso quanto à visita de Roma ao estúdio.

– Deu tudo certo lá. Pensei que precisaria voltar depois, peguei o telefone do lugar pra marcar um ensaio, mas vi tudo o que eu queria.

– E aí?

– Tenho convicção de que o assassino veio da rua de baixo. Foi uma pessoa só. Entrou com facilidade no estúdio. Tinha boa visão das duas vítimas para atirar.

– São muitas conclusões para uma mera visita, mas todas fazem sentido. Algumas delas têm elementos que se confirmam nos autos.

– Imaginei – respondeu Roma, seguro. – Fiz também a visita à igreja em que Elias tocava.

– Sério? E aí?

– Vi a menina que namorava com ele e ouvi uma conversa interessante.

– Sobre o assassinato?

– Sim. Ela chegou a desconfiar do pastor. Se a minha percepção não falhou, tirou esse pensamento da cabeça. Só que Elias chegou a relatar a ela um desentendimento quando saiu da banda. O pastor que fez a exposição lá confirmou.

– Hum...

– Vou ler os autos para ver em que ponta aberta o caso pode ser solucionado.

– Certo, Roma. Eu agradeço muito a sua ajuda.

– Eu é que agradeço a oportunidade. Nem te ofereci nada pra beber ou comer! Tenho alguns petiscos aí, refrigerante e cerveja.

– Aceito só um refrigerante.

Roma voltou com um copo de Coca-Cola.

– Obrigado, seu Roma. Eu não devo demorar aqui. Queria só mostrar ao senhor que deixei os laudos e os depoimentos marcados. Imagino que não tenha tanta familiaridade com o manejo de um inquérito e resolvi deixar mais à mão.

– De fato, não tenho. O que tenho é minha intuição e um certo senso de observação que muito me auxilia. De toda sorte, obrigado pela ajuda. Apesar de tão ansioso, vou ver isso só amanhã. Vou descansar bastante e acordar cedo para começar a ler. Aí devo varar o dia.

– Fique à vontade. Só passo aqui na segunda pela manhã, se não for incômodo, para a gente conversar e depois levar o inquérito. Peço todo cuidado do mundo ao senhor, mas sei que entende a situação.

– Claro que entendo! Isso não sairá daqui de jeito nenhum, e devolverei no dia marcado exatamente como recebi.

Washington saiu satisfeito do encontro. Apesar da promessa feita, Roma foi conferir ao menos quem fora interrogado nos autos antes de dormir.

O MEL

Não demorou para que Edenilson conseguisse novos shows para a dupla. O desempenho foi ótimo, a execução das músicas na rádio era cada vez mais frequente e bem aceita. A segunda apresentação grande seria apenas três semanas após a primeira, no evento Os Novos Fenômenos do Arrocha. O folder do show era digno de registro: uma camisa amarela com o número 9 e o nome das bandas no verso.

Isso foi avisado a Elias já na quinta-feira seguinte ao primeiro evento grande, por telefone:

– Quatro bandas, lá no Cais. Vocês vão ser a terceira a se apresentar, meu garoto.

– Obrigado, seu Edenilson.

– Mesmo cachê da primeira vez pra vocês. Ensaios com a banda a partir da semana que vem. Festa de camisa. Vou dar algumas pra vocês distribuírem a quem quiserem.

– Bom demais! Estaremos lá.

Nem ligou para Claudivan a fim de dar a notícia. Falou com ele só na segunda-feira após o show. Sentiu o parceiro um tanto distante na ligação: parecia menos aquele parceiro presente das últimas semanas e mais a pessoa pouco comunicativa que conhecia. Podia ser mera impressão, mas preferiu falar do assunto pessoalmente no tradicional ensaio no estúdio de Osmar.

A rotina da dupla foi mantida na semana que sucedeu a execução contínua na rádio e o primeiro espetáculo de maior porte. Ensaio na quinta e apresentação no Moura na sexta. Claudivan também seguia com seus serviços, apesar de agora selecionar mais o que toparia fazer. Elias sentia-se mais livre sem os compromissos da igreja. Pensava em ir ao culto do domingo com Luiza, sem que tivesse convicção de ser uma boa atitude.

O namoro com Luiza, a propósito, era um evento importante nos primeiros dias após a oficialização do relacionamento. Falavam-se todas as noites por telefone, apesar de não terem se encontrado até então. Fariam algo no fim de semana, além da eventual ida à igreja.

Elias foi buscar o parceiro na quinta-feira, como de costume. Buzinou e o cantor saiu de casa já pronto. Apertaram as mãos.

– Fala, Divã! Achei você meio diferente na segunda-feira...

– Rapaz, saí do show meio estranho no domingo. Não me senti muito bem. Dormi mal, no outro dia uma dor de cabeça dos infernos. Na terça que retomei minhas coisas e fui melhorando. Tô de boa hoje.

– Ótimo! Seu Edenilson já ajeitou outro show pra gente. No mesmo lugar. Uma festa de camisa aí com outras três bandas.

– Quando?

– Desse sábado a 15.

– Tranquilo. Vamos nessa.

– Ensaio com a banda já a partir da semana que vem.

– E hoje a gente treina o repertório pra Moura só? Acerta as músicas pendentes? Já pensa no próximo show? Como vai ser?

– Vamos fazer o repertório de amanhã, depois acertamos alguma música. No show a gente pensa a partir da segunda-feira.

– Beleza.

E assim entraram no estúdio. Osmar ajustou o som, simpático como sempre, e falou das músicas que ouvira no rádio. Quando falaram da próxima apresentação, logo se interessou. Elias prometeu a ele que conseguiria camisas para a festa.

– Se tiver verdinha, daquelas neon, a gente prefere – disse, abusado, o dono do estúdio. E saiu para resolver uma questão particular.

Não se passaram nem dois minutos, e parecia que ele tinha voltado. Enquanto os músicos ainda combinavam as canções, entrou uma pessoa diferente no estúdio. Claudivan ficou um pouco assustado, mas Elias logo reconheceu o antigo mentor.

– Opa, mestre Matias! Divã, esqueci de te falar. Este é Matias, amigo de longa data e meu professor de música. Ensinou tudo o que eu sei. Perguntou se poderia ver a gente tocar, e então chamei ele aqui pra fazermos umas músicas próprias, já que amanhã à noite ele tem compromisso.

– Um prazer, seu Matias.

– O prazer é meu. Só queria mesmo ouvir umas músicas de vocês. Estava com essa vontade faz algum tempo e liguei pra Elias nesta semana. Quando ele falou do horário da apresentação, vi que não daria pra mim. Então ele sugeriu que eu acompanhasse o estúdio e me deu o endereço.

– Não tem problema nenhum, seu Matias.

– Não vou ficar o tempo todo! É só para conhecer mesmo as canções e prestigiar o amigo. Em outra ocasião, vou ao show.

O ensaio transcorreu muito bem. A dupla ficou muito à vontade para tocar com a audiência do mentor de Elias. Como prometido, Matias ficou só na primeira hora de ensaio. Elogiou as composições, os arranjos de Elias e o vocal. O clima foi ótimo. Matias ainda contou sobre a sua vida de cantor e tecladista da noite, antes de se dedicar exclusivamente à música cristã, fato que o próprio pupilo desconhecia. Então, despediu-se amigavelmente e deixou-os a sós no estúdio.

Além da execução das músicas e dos ajustes, a dupla combinou que não deixaria de ensaiar ali. Era uma forma de mantê-los coesos, de trabalhar em novas composições, de não se esquecer do início. Assim seria feito.

A apresentação no bar no dia seguinte estava excelente também. Luiza resolveu não comparecer, tendo marcado um cinema com Elias no início da noite do sábado, após a participação dela no ensaio do coral da igreja. Assistiriam a uma comédia, programa de namorados. Moura estava ainda mais cheio que o normal, certamente por conta da curiosidade de novos clientes com a apresentação de dois artistas de rádio. Músicas bem-executadas, Claudivan muito bem até a última música antes da parada.

Naquele momento, o cantor mudou de comportamento, como fizera no domingo anterior. Ficou travado, cantou mecanicamente o refrão pela última vez e avisou sem qualquer ânimo sobre a pausa e o retorno da dupla em vinte minutos. Elias percebeu algo estranho.

– Qual foi, Divã?

– Nada de mais. Vou tomar uma dose aqui e dar um pulo lá fora pra tomar um ar...

Elias percebeu que o parceiro rodou bastante na rua, como se estivesse perdido ou procurando alguém. Ao retornar, Claudivan referiu que estava melhor, que não havia razões para preocupação. Tomou outra dose de whisky e cantou normalmente até o fim. Se a sua performance não foi das mais brilhantes, também não desagradou. O tecladista seguiu com a impressão de que tinha acontecido algo, mas preferiu tocar o show. Na volta para casa, cansados, conversas triviais e uma despedida normal.

O cinema no sábado foi como todo cinema de novos namorados, entre sorrisos, beijos e pouco filme. Claudivan fez um serviço de eletricidade e depois parou num bar. Bebeu como havia muito não bebia. Já enquanto fazia o serviço, teve um sentimento ruim. Lembrou-se daquela imagem que vira no camarote e no Bar do Moura. Como era de costume, apesar de nas últimas semanas não o ter feito, descontou no álcool.

NOVOS SHOWS

O camarote reservado pelo produtor para o Johnnie Walker da Seresta estava animado.

– Luiza, você não sabe a nossa alegria com o namoro de vocês – disse dona Maria José, a mãe de Elias.

– Garanto que não é maior que a minha! Estamos muito felizes juntos.

– E fico ainda mais satisfeita porque vai ajudar meu menino a não se desencaminhar! Essas coisas de sucesso, de ganhar mais dinheiro, você sabe como são...

– Estarei perto dele, dona Zezé.

Quem preferiu ficar na pista foi Messias. Pegou a pulseira do camarote (na verdade, duas pulseiras do camarote), mas quis ficar embaixo. Tinha combinado um novo abraço com Divã, mas concordou que ele não poderia fazer aquilo em todos os shows. Aí definiu a estratégia das pulseiras para ficar "mais bonito", como ele gostava de dizer.

Daquela vez, ao contrário da estreia, Elias estava muito calmo. Claudivan, nem tanto. Jurou que se sentia bem, mas nem de longe parecia tão leve quanto no evento anterior. Os ensaios, vale dizer, foram excelentes. A apresentação seria mais longa, com duração de uma hora e vinte minutos, então precisaram dobrar o *setlist*. A banda pegou tudo rápido e, ao fim da primeira semana, eles já estavam prontos. Até reduziram os ensaios da semana seguinte para dois: na terça e na quinta. A ideia inicial era segunda, quarta e sexta, como na anterior.

A produção nos ensaios foi tão boa que mantiveram o estúdio de Osmar na quinta à noite e o Bar do Moura na sexta, apenas com a condição de começar e acabar a apresentação antes. Em vez de ser das 21h à 1h da manhã seguinte, fariam das 19h às 23h, para garantirem a apresentação no sábado com o descanso necessário. Moura estava lotado de gente, noite agradável, tudo certo.

– Arrebentem, que sábado que vem tem mais, hein? – disse Edenilson na concentração antes de entrarem no palco.
– Já temos mais show marcado? – surpreendeu-se Elias.
– Em Feira de Santana. Um colega de uma rádio de lá estava querendo outra banda para tocar com um pessoal bom dele e sugeri vocês. Ele já vai botar as músicas na rádio essa semana. A não ser que vocês não queiram – disse sorrindo o produtor.
– Claro que queremos – respondeu Elias.
– Resolvi dar essa notícia logo para injetar ainda mais ânimo em vocês. O evento deu bom demais hoje, público parecido com o de Nil. O palco é de vocês.
Deram conta do recado novamente. Muita gente cantou "Redes Sentimentais". Uma boa quantidade de pessoas também acompanhou "Tá Fogo". Divã saiu-se tão bem quanto no primeiro show. Todos ficaram orgulhosos no camarote.
Quando chegaram lá, cumprimentaram os convidados e receberam as congratulações. Abraços dos pais de Elias, o beijo de Luiza e a empolgada apresentação da acompanhante de Messias naquela noite, com a pulseirinha no braço esquerdo.
O empresário chamou a dupla de lado e explicou as suas ideias para o fim de semana seguinte.
– A gente sai daqui no próximo sábado de manhã. A van que eu aluguei pega vocês em casa e a gente segue direto pro lugar do show – planejou Ed Carlos.
– Vai ser de dia? – questionou Claudivan.
– Fim de tarde vocês entram. A gente ajeita umas coisas, passa o som, depois vai pro hotel fazer o *check-in*. Aí come alguma coisa e volta pro clube lá pelas 3h30 para os preparativos finais. Vocês entram às 5.
– Hotel? – indagou Elias, impressionado.

– Claro. Eu não gosto de voltar de noite depois de eventos. A gente dorme lá e só volta no domingo de manhã.

O hotel foi uma das poucas partes boas da primeira e única viagem da dupla. Quase nada saiu muito bem em Feira. Para ser justo, a viagem de ida foi excelente. A dupla muito empolgada na van grande que Edenilson havia alugado, com o violãozinho de Luciano animando a turma em todo o percurso na estrada. Claudivan, também contente, soltava a voz.

A questão foi que, ao chegar lá, Edenilson não gostou do que viu. Muita coisa por fazer, problemas elétricos no local, a estrutura ainda longe de ser finalizada. O relógio já registrava 11h da manhã. Ele e sua equipe ajudaram no que foi possível. Preferiram antecipar a ida ao hotel para antes das 14h, depois de receberem o aval por telefone, e voltariam ao espaço do show mais cedo que o previsto à tarde, para a passagem de som.

Relativamente próximo ao local do evento, o hotel tinha seis andares, um restaurante amplo e as acomodações eram boas. Não habituado àquele tipo de ambiente, Elias ficou muito feliz. Ocuparia um quarto só com Claudivan, e o restante dos membros da comitiva seria dividido em outros três. Ligou para Luiza e para seus pais, olhando a avenida pela janela do 5º andar, enquanto Divã esticava as costas numa das camas. Marcaram de descer para o almoço com o resto do pessoal da banda às 13h, portanto, dali a vinte minutos.

Elias ainda tirou fotos do quarto, que enviou à namorada pelo celular.

– Lindo mesmo, amor. Pena que não tive como ir.

– Na próxima você vem, Lu. Não vão faltar oportunidades.

O cantor nem sabia se seria possível a companhia da namorada na viagem. Como ela avisara antecipadamente sobre um compromisso familiar naquele dia, fora o tradicional ensaio na igreja, Elias nem levou a questão para Edenilson. Fosse só o espaço no veículo, pelo que viu, seria tranquilo, mas tinha a questão da hospedagem.

Divã levantou-se perto do horário, foi ao banheiro e chamou

o parceiro para descerem juntos. Almoçaram no hotel mesmo. Saíram pouco depois, do jeito que estavam, pois o figurino tinha ficado no clube.

Os testes de som ratificaram os problemas percebidos. O palco já estava mais bem-organizado, e a iluminação daquela vez funcionou. O som é que seguia falhando, muita microfonia, uma dificuldade de ajustar o volume dos instrumentos de corda em relação à bateria de Marinho Preto. O próprio instrumento percussivo incomodava o experiente músico, por conta do desgaste das peles e do pedal do bumbo. Ao menos tinha levado seu *case* com os pratos, senão a chateação seria maior.

– Pior não é nada disso – alertou Edenilson. – Pior é o movimento lá fora. Três e meia da tarde e quase ninguém na área.

Ele estava certo. Público houve, mas muito menor do que a previsão transmitida ao produtor. A banda fez mais uma boa apresentação, apesar da precariedade do equipamento. Estava sólida, cada vez mais entrosada. A dupla principal saiu-se muito bem também. A questão é que ali não houve público suficiente para garantir o sucesso do evento. Ademais, quem estava lá não demonstrava conhecer qualquer música, ao contrário do que acontecia no bar e no Cais.

O grupo nem esperou o encerramento do show seguinte, partindo para o hotel tão logo quanto possível. Foi só o tempo de conversarem, recolherem as suas coisas e aguardarem a conversa de Edenilson com os organizadores do evento.

– No fim das contas, não foi tão ruim. Ao menos as despesas estão todas pagas e vamos dividir os lucros com vocês. Foi pouca coisa, mas não vamos ficar com a sensação de ter tocado de graça. Quando eu comecei, acontecia muito. Hein, Mauricinho?

– Tempos difíceis, chefe – recordou o baixista. – Mas depois melhorou, graças a Deus.

– Eu só não esperava isso de Castro. O cara parece que não tem um projeto! Ainda ficou querendo se alterar quando eu disse isso a ele. Disse que apresentação de novos talentos era assim mesmo, que fazia parte. Esse show tinha que ter sido planejado e executado de outro jeito! Peço desculpas a todos pelo inconveniente.

– Não tem do que se desculpar – replicou Elias. – Fizemos o nosso, não foi?

– Isso. De fato, com tudo o que aconteceu aqui, a gente ainda se saiu bem. Vamos jantar juntos em algum lugar. É por minha conta!

Assim fizeram. Apesar dos percalços do dia, foi uma noite feliz. Nem na festa do Cais nem no show fracassado de Feira de Santana, Claudivan teve a visão que tanto o impressionara anteriormente. Por isso conseguiu se acalmar e sequer bebeu além do normal naquela longa semana.

A volta no dia seguinte teve algum cansaço e a notícia de mais apresentações agendadas para a dupla. Dessa vez com tudo organizado profissionalmente por Ed Carlos, "sem risco de erro". Ensaios, eventos, dinheiro e sucesso à vista.

DEPOIMENTOS

Apesar de não ter resistido a abrir os autos na noite da sexta-feira, Roma de fato reservou o dia de sábado para estudar o inquérito. Mesmo com a ansiedade que tomava conta de si, a satisfação com aquela sequência de eventos inusitados garantiu a tranquilidade necessária a uma boa noite de sono. Ele tinha se tornado peça fundamental de uma investigação de verdade, seu dom foi valorizado. Já havia vivido o suficiente para lidar com os seus sentimentos em situações excepcionais.

Acordou tão tranquilo no sábado que seguiu a sua rotina de ir à banca de Ruivan para pegar o jornal e trocar algumas palavras.

– Inquérito na mão, Ruizinho.

– Eita! Já olhou alguma coisa?

– Só vi os nomes de quem foi ouvido. Washington ainda deixou tudo marcado pra facilitar minha vida. Vai ajudar.

– Então, hoje é o dia?

– Não vou fazer mais nada. É tomar meu café e começar.

– Leve seu jornal só pra dar uma distraída quando cansar.

– A ideia é essa, mas acho que nem será necessário...

E voltou para casa. O relógio marcava pouco mais de 9h quando ele sentou com sua xícara de café com leite para folhear o inquérito. A ajuda das marcações de Washington mostrou-se decisiva. É complicado para alguém pouco familiarizado com uma investigação desse tipo situar-se entre tantas certidões, despachos, juntadas e outros documentos. Com os laudos e depoimentos destacados, Roma conseguiu acessar o que precisava, sem perder o foco.

Não era o único obstáculo a ser vencido. A linguagem era estranha, mesmo para alguém tão habituado ao jornalismo das páginas policiais, a depoimentos de delegados na televisão ou à sua transcrição nos jornais. Em "papiloscopista" mesmo ele jamais ouvira falar. Os termos médicos do exame cadavérico o deixaram confuso. A balística também tinha uma série de expressões que ele desconhecia.

De toda a parte técnica, o detetive amador fez poucas anotações. Os projéteis saíram todos da mesma arma, reforçando a sua ideia de um único assassino. Foram cinco tiros ao todo: três em Claudivan, dois em Elias. Não houve informações conclusivas sobre as digitais no local do crime.

Passado esse momento pouco produtivo, seu Lopes Roma debruçou-se sobre os depoimentos das testemunhas. Ali ele resolveu anotar um resumo de cada oitiva. Depois analisaria tudo registrado no seu caderno em conjunto.

Começou com o relato dos dois policiais que primeiro chegaram à cena do crime. O soldado Oliveira e o sargento Barcelos tinham depoimentos praticamente idênticos. Relataram a ocorrência a partir do telefonema de Osmar, o dilúvio que caía na noite fatídica, as conversas com o dono do estúdio e com a sra. Margarida, a vizinha. Fizeram ainda uma descrição sucinta da cena do crime, dos corpos no chão. Nada mais.

Lendo a oitiva de Margarida, Roma quase absolveu o jornal *O Povo* por aquela matéria sem conteúdo que tanto o irritara. De fato, nada havia a registrar nas suas anotações a respeito da única página transcrita do depoimento que ela prestou à polícia.

A situação só começou a melhorar quando ele chegou ao quarto depoimento, o do seu já conhecido Osmar. Seu Lopes Roma tinha pouquíssimas referências do proprietário do estúdio e julgou o que conseguiu ali valioso. Ele até ficou arrependido de não render ainda mais a sua diligência informal, mas sabia que seria difícil abordar o assunto na visita. De todo modo, agora ele acessava as informações repassadas pelo dono do estúdio.

Dizia a transcrição:

"QUE o primeiro a frequentar o estúdio foi Elias; QUE por

cerca de três meses Elias ia ao local sozinho; QUE relatou certa vez ao depoente a vontade de se unir a um vocalista; QUE no primeiro ensaio com Claudivan percebeu o vocalista muito calado."

Eram fatos que ele desconhecia. Seriam importantes para a conclusão a que chegaria.

"QUE os ensaios aconteciam sem falta às quintas-feiras; QUE o horário era sempre o mesmo, das 20 às 23h; QUE não se recordava de a dupla ter deixado de cumprir o compromisso agendado em nenhuma ocasião desde que passou a frequentar o estúdio."

"Muito fácil para o assassino. Sempre no mesmo local, no mesmo horário", Roma registrou em seu caderno, repleto de anotações daquele importante depoimento.

"QUE só duas pessoas participaram de ensaios com eles; QUE o primeiro deles era conhecido do depoente, o radialista Edenilson Carlos, produtor da dupla; QUE o outro homem não chegou junto com eles; QUE Elias avisou sobre a possível visita de um amigo; QUE não se recorda da fisionomia do visitante nem conhece seu nome, mas que foi bem recebido pela dupla; QUE saiu do estúdio quando ele chegou, mas na volta estavam os três conversando amigavelmente; QUE, em seguida, o moço se retirou, não sabendo de mais informações sobre o visitante."

Poderia parecer uma informação preciosa, mas nem um nem outro visitante impressionou o nosso detetive. Ele fez uma anotação sobre as duas visitas, uma delas de um desconhecido, pela óbvia importância dos eventos. O fato é que tinha naquele momento outra impressão sobre o homicida: a princípio, não seria alguém que tivesse frequentado amigavelmente o estúdio. De todo modo, eram no mínimo suspeitas de mandantes.

Osmar ainda referiu que o estúdio nunca havia sido assaltado, mas que vários estabelecimentos na região não tiveram a mesma sorte. Conhecia também informações de amigos do ramo sobre roubos de instrumentos musicais de estúdios em Salvador.

"Só reforçou com essa besteira a suspeita da polícia", concluiu Roma.

O que restava do depoimento de Osmar não era digno de nota. Apenas comentários sobre a boa relação com a dupla, a ida a shows, os presentes que recebeu etc. O dono do estúdio evidentemente não era suspeito e já havia ajudado muito, segundo a percepção do investigador.

Ainda estavam pendentes quatro depoimentos. Seu Jonas, o pai de Elias; Moura, o dono do bar; Edenilson, o radialista e empresário; Messias, o primo de Elias. Como já passava do meio-dia, Roma resolveu suspender os trabalhos para almoçar.

Caminhou até o Mercado Baixopreço, que tinha um restaurante de comida a quilo na sua estrutura. Gostava da feijoada servida lá aos sábados. Como acontecia muitas vezes, apesar de não terem combinado daquela feita, encontrou Ruivan ainda na fila.

– Ô, meu detetive! Achei que você não sairia de casa hora nenhuma hoje.

– Pois é, Ruizinho. O caso é que são muitos depoimentos. Vi a primeira parte, anotei um monte de coisa, mas resolvi parar.

– E aí?

– Algumas questões interessantes. O depoimento do dono do estúdio abriu muitas possibilidades pra analisar.

– Muito bom. Amanhã você sabe que eu não trabalho, mas segunda a gente se vê na banca e você me conta tudo.

Seu Ubirajara comeu tudo a qute tinha direito – linguiça, carne de sertão, salpresa – e fez com o garfo a farofa de toucinho do jeito que aprendera com a mãe, ainda menino. Só não era idêntica mesmo porque a genitora misturava a gordura à farinha com a própria mão, algo que não faria no restaurante. Não tinha problemas de saúde relevantes, era relativamente disciplinado na alimentação como regra. Então, permitia-se esses excessos vez ou outra.

Estava tão tranquilo com a sua missão que se permitiu um cochilo de uma hora ao chegar em casa. Quando abriu novamente o inquérito policial, o relógio já indicava 15h. Assim como aconteceu pela manhã, as leituras iniciais serviram muito mais como uma mera introdução ao que viria depois.

Ele já esperava que o depoimento do pai de Elias fosse pouco produtivo. Certamente muito abalado, ele apenas referiu sua indignação com o ocorrido, disse que seu filho não tinha inimigos, que era um menino bom e que tinha ótima relação com o parceiro. Perguntado sobre Claudivan, limitou-se a dizer que era um rapaz sozinho, mas muito respeitoso com ele e com sua esposa. Elias não relatava problemas com ninguém do meio musical e estava muito animado com o sucesso que haviam obtido em tão pouco tempo de dupla.

Moura não foi diferente. Não fosse a diligência particular de seu Lopes Roma ao bar, aquelas páginas teriam algum peso nas suas convicções sobre o caso. A produtiva conversa que teve com Moura naquele almoço regado a dendê já havia antecipado para ele quase tudo que estava escrito no depoimento longo prestado na polícia.

"Engraçado é que ele não falou da questão de Claudivan com a bebida", lembrou o detetive. Concluiu que Moura não quis tratar dessa questão por não julgar relevante ao deslinde do caso, bem como para preservar a memória do amigo.

As reações e anotações de Roma em relação aos depoimentos de Edenilson e Messias foram tão determinantes que é melhor tratar delas quando chegarmos ao fechamento desta história. Longe de aproximarem o detetive do batido latrocínio sugerido pelos policiais – que, como sabemos, ele refutou desde o início –, indicaram os caminhos pelos quais o crime poderia ser explicado.

Por ora, é suficiente falar que a solução da questão surgiu para ele na madrugada daquele mesmo dia. Foi dormir com a cabeça povoada de ideias, entre três linhas de solução: duas trazidas pelos depoimentos e outra que cultivava há mais tempo, apesar de os autos não lhe terem ajudado naquele sentido. Quando acordou para ir ao banheiro e a sede o encaminhou à cozinha, voltou seus olhos ao inquérito policial e teve uma visão tão clara de para onde seguir que atribuiu a resolução improvável do homicídio à Providência. Voltou a folhear os autos, a fazer as suas anotações e não mais voltaria à cama naquela noite.

Na manhã seguinte, teve que esperar até um horário que não julgou inapropriado para fazer a ligação telefônica. Era um domingo e não convinha acionar o amigo tão cedo. Às 9h não aguentou mais e telefonou para indicar a necessidade de reinquirição da testemunha-chave, que daria um rumo definitivo à investigação.

– Certeza, seu Roma?

– Já preparei até as perguntas para vocês fazerem, meu jovem. O esquema todo vai sair daí, pode crer – afirmou, convicto.

– Se você estiver livre no final da tarde, passo aí pra pegar o inquérito e a gente conversa mais.

– Na hora. Vou estar em casa a tarde toda. Assim que você se liberar, fique à vontade.

Mesmo com a conversa, o policial não ficou de todo convencido da correção da medida sugerida por Roma. Se resolveu segui-la, foi mais para saber até onde a percepção do novo parceiro se mostrava correta. O caso caminhava, afinal, para o arquivo. O que viesse era lucro.

Veio tudo.

O DIA D

Não se passaram nem nove meses da primeira apresentação no Bar do Moura. Nem seis meses da parceria com Claudivan. Pouco mais de três meses da primeira apresentação no Cais. Elias pensava em tudo isso no dia em que se emocionou por uma nova execução de "Redes Sentimentais" na rádio e sentiu gratidão por tudo o que Edenilson havia feito por eles.

Já era abordado por desconhecidos ao caminhar pelas ruas. Algumas moças com pouca noção chegavam a pedir fotos nos passeios com Luiza. Johnnie Walker da Seresta somava seis shows grandes, o último deles como banda principal em um famoso clube da Cidade Baixa, o que, segundo o produtor, gerou certo desconforto entre os demais participantes do evento. O dinheiro que recebiam nas apresentações – o cachê – tinha aumentado, e o repasse dos valores pela execução na rádio engordava o pé-de-meia da dupla.

Aquela quinta-feira seria produtiva. Elias encontraria Claudivan e Edenilson no estúdio para acertar detalhes sobre o álbum, que já contava com sete músicas gravadas. A última faixa estava em fase final de composição. Seria ajustada no ensaio da dupla à noite.

– Meninos, eu já falei que é melhor vocês pararem de ensaiar naquele lugar – alertou o radialista.

– A gente gosta, seu Edenilson – retrucou Claudivan. – É um espaço importante pra mim e pra Elias. Foi lá que começamos a dupla, é lá que a gente tem um espaço só nosso pra compor e fazer os ajustes. A gente se sente em casa ali.

– Eu já disse que podem usar este lugar aqui do mesmo jeito. É só pegar um horário mais ocioso que seja bom pra vocês e a gente fecha as mesmas três horas semanais.

— Preferimos seguir lá, seu Edenilson. É um hábito que mantém nossos pés no chão e a gente unido, mesmo com tudo de grande que aconteceu com a gente nesse curto espaço de tempo.

— Lá ele, Elias! – disse Claudivan, sorrindo.

— Não posso fazer mais do que sugerir. Vocês sabem que já fui lá, conheço o espaço e acho muita exposição pra vocês hoje em dia, mas deixa quieto. Então, será que semana que vem a gente consegue gravar?

— A gente mata "A Volta" hoje. Certeza – garantiu o vocalista.

— Então vamos fazer logo a gravação na segunda. Quarta e sexta, às 3 da tarde, a gente faz os ensaios pro sábado. Fechar o ano com chave de ouro!

O último show de dezembro aconteceria novamente no Cais. Daquela vez, eles não seriam a atração principal. Novamente foram prestigiados com o convite para tocar por um bom tempo antes de um grande nome do arrocha baiano, o cantor Mirtes Santiago, o "cardiologista da seresta". Longe de ter formação médica, Mirtes apenas garantia que acalmava como ninguém a "sofrência" nos corações do povo baiano. Uma figura.

Elias combinou de pegar Luiza na saída do estágio. Ela geralmente ficava das 13 às 17h na empresa. Dali saía de ônibus direto para a sua casa e ligava para o namorado de lá. Naquela quinta-feira, combinaram de comer um pastel juntos, a tempo de Elias deixá-la em casa e partir para o ensaio às 8 da noite. Ele a buscaria de carro no próprio local de trabalho. Seguia com o seu Kadett, apesar de já ter condições financeiras de fazer a troca. Pensava em comprar outro veículo, mas relutava. Tinha pelo automóvel, assim como pelo estúdio de Osmar e pelo seu teclado, um sentimento que transcendia a mera propriedade ou a relação comercial. Eram para ele símbolos: marcos da sua mudança de vida e do alcance dos seus objetivos.

Foram até a Baixa do Bonfim para uma nova pastelaria cheia de sabores inusitados. Elias pediu um de camarão com

Catupiry e Luiza pediu um pastel sertanejo, de carne de sertão com banana-da-terra. Pediram ainda sucos de laranja e de umbu e se sentaram nas cadeiras de madeira. No fim de tarde, o cenário era especialmente bonito. Dava para enxergar a basílica no topo da Colina Sagrada, iluminada pelas últimas luzes do sol naquela tarde nublada.

– Ainda acho que você devia procurar o pastor Elinaldo pra se reconciliar com ele. É um homem de Deus, Elias...

– Também penso nisso às vezes, meu amor. Sempre penso com tristeza na conversa que tivemos. Seu Matias ainda tranquilizou meu coração, já viu ensaio e show nosso, mas eu gostaria de resolver esse desentendimento com o pastor. Sou muito grato a ele.

– Pois é. Você já voltou à igreja naquele culto. Tá tudo bem por lá. A gente pode pensar em aparecer um dia na sede, de coração aberto. Jesus estará conosco.

– Pode ser, Lu.

O atendente chamou o nome de Elias e ele foi pegar o pedido. Os pastéis estavam bem fotogênicos, tinham sido cortados ao meio após saírem do óleo. Os sucos também pareciam ótimos. Era a primeira vez que iam ao local. Foi indicação de Messias. "Preço bom, porção maravilhosa, muito gostoso e um lugar lindo. Tô levando todas pra lá. Nenhuma deu errado até hoje." Depois de Elias, de Claudivan e de Edenilson, Messias era o maior entusiasta da dupla. Gostava do tecladista como se fosse um irmão, foi o responsável pela entrada de Divã na banda e ainda se aproveitava do sucesso para "pegar geral", como gostava de dizer.

– Messias sabe mesmo das coisas. Bom demais aqui – disse Elias, animado.

– Não é? Só não acho ele boa influência pra você naquele quesito...

– Você sabe que somos bem diferentes nesse lance aí...

– Sei sim – disse sorrindo Luiza. – Tá muito bom mesmo isso aqui. E o suquinho não fica atrás.

– Pois é. O umbives tá no ponto também. Quer?

— Não. Prefiro minha laranja. É 8h o ensaio, né?

— Isso. Mas não se preocupe. Já tô com o teclado no carro. A gente não precisa se apressar. Posso sair daqui direto. São 6h ainda. Tá de boa.

— Domingo você vai lá no almoço, né?

— Claro. Ainda mais pra comer aquele xinxim de bofe da sua mãe, com farinha e pimenta. Aí é que eu não perco mesmo.

— Ótimo. Ela gosta muito de você.

— Eu também, Lu. Graças a Deus, me dou muito bem com ela.

— E o lance lá da outra dupla?

— O quê? A parada do show passado?

— Isso.

— Seu Edenilson acertou tudo lá. Os caras têm mais tempo de estrada do que a gente, mas ele disse que isso não é tudo. Leonel, que é o vocalista, ficou retado porque só teria sido avisado que não ia fechar o show um dia antes. Nem tiro a razão dele. Tocaram meio chateados, nem cumprimentaram a gente na saída. Fizemos o nosso e aí é confiar na experiência do nosso amigo pra resolver. Ele trabalha com muitos músicos, disse que esses problemas de vaidade acontecem mesmo.

— Imagino. Não é um meio fácil.

Luiza era uma ótima namorada. Seu único defeito era o ciúme, que controlava como podia, mas sempre escapava um comentário preocupado sobre as fãs, os casos de Messias e de Divã ou o que mais aparecesse sobre mulheres e mulherengos. De resto, era um doce de pessoa: carinhosa, atenciosa, companheira. Ambos estavam muito satisfeitos com o relacionamento.

Terminaram a refeição e ainda saíram para passear de mãos dadas pelo local, que estava com uma nova iluminação. As nuvens acumulavam-se no céu naquele início de noite. Tiveram tempo para trocar carícias e beijos antes de os primeiros chuviscos obrigarem o casal a voltar ao automóvel que os conduziria à casa de Luiza.

Despediram-se afetuosamente e combinaram de se encontrar ainda no dia seguinte, quando sairiam juntos para a apresentação no Moura. O relógio já apontava 19h30, e Elias ligou para Claudivan para garantir que o colega já estivesse pronto.

– Pronto eu estou, o mau é essa chuva. Parece que o cacau vai cair com força.

– O negócio tá feio. Fechou tudo aqui mesmo.

– Tá com cara de dilúvio. Vento tá forte também.

– Quer cancelar?

– Nada, rapaz. Vamos lá terminar a música e acertar os últimos detalhes pra amanhã. Pelo visto, vai chover tanto essa noite que amanhã abre tudo.

– Lá ele. Chego aí em cinco minutos. Leve a última versão da letra, pra não esquecer.

Atravessaram o portão vermelho com a chuva engrossando. Osmar estava um pouco apressado para acertar o som, preocupado com o tempo e com o compromisso que tinha com a sua aspirante a namorada. Explicou a situação aos músicos.

– Os pais dela foram pra um casamento longe pra dedéu. Só vão voltar amanhã, e ela me chamou pra a gente ficar lá na casa dela de boa.

– E é longe? – perguntou Claudivan.

– Que nada! Dez minutos daqui. Com essa chuva que é barril. Tô até com uma capa aqui, mas não queria atrasar.

– Precisa fazer nada aqui, não, Osmar. Liga tudo aí, que a gente desenrola.

– Obrigado, negão! Vou fazer isso.

– Só cuidado pra não chegar lá muito esculhambado e não atrapalhar os planos.

– Pode deixar.

Saiu com a tal capa. A dupla acertou o som sem dificuldade. Claudivan puxou do bolso um papel com a letra, e começaram a conversar antes de tocar.

– Essa vai bombar, Elias! Aposto! A letra tem uma pegada

mais ousada, bem do jeito que a galera tem feito.

– Tá ficando boa mesmo. Peraí... O tom é "lá", acho que o andamento é esse aqui...

– Isso. Tá certinho.

– Vou começar, você sabe seu tempo.

Eu sei que eu não fui
Sincero com você
Mas peço o favor
Que tente me entender

Eu precisei foi muito
Te tirar de lá
Achei que a grana toda
Eu ia arranjar

As contas chegando
Eu vi sua agonia
Você se lamentando
Na pia da cozinha

Aí seguia um intervalo só instrumental. O som estava alto, a chuva forte lá fora.

Quinze minutos após a saída de Osmar, sem que ninguém percebesse, o portão externo do estúdio foi forçado e cedeu com a facilidade de praxe; depois, foi cuidadosamente fechado para garantir a privacidade do local. Do lado de fora, ainda mais pelo som da água que se chocava violentamente contra o chão e as paredes, pouco se ouvia. Apenas o suficiente para o visitante perceber que uma música estava em execução, o que era positivo para o seu plano.

Quando me falaram

Que você voltou
Àquela velha vida
Que por mim largou

Não quis acreditar
Foi um desgosto e tanto
E quase que estraguei
Todo esse nosso encanto

Mas refleti melhor
Pensei com muita calma
Saímos da pior
Com a grana que entrava... então

Pode atender o povo todo
Desde que
No fim volte pra mim de novo
Não vou te cobrar, não posso pagar

Eu vou pôr uma venda em cada olho
E não mais ligar pra
Comentário maldoso
Vou viver em paz, te querendo mais

Elias divertia-se com a letra maliciosa de Claudivan. Ao fim do refrão cheio de sentimento, o cantor sorriu de volta e o tecladista partiu para o solo. Assim que o vocal retornou, a porta do estúdio abriu-se devagar. A intenção daquele homem era entrar sem ser notado. Acontece que os sons daquela noite única eram muito estrondosos para passarem despercebidos.

    Claudivan esticou o pescoço em um movimento normal para verificar se era Osmar que tinha retornado, mas viu o cano da arma e seu portador na sequência. Segundos depois, Elias também percebeu a situação de perigo e parou de tocar o seu instrumento. O estúdio inteiro ficou em silêncio. Só por um instante.

O ENTERRO

– E o menino, Lene? – perguntou Adilza, a vizinha.
– Prometi que vou acabar de criar – respondeu Marlene.
– Que fardo, hein?
– Era a forma de garantir à minha amiga um fim mais descansado. Deus e a Virgem Santíssima não vão me faltar.

O clima no cemitério não era dos piores. Como toda morte por doença que se estendeu por algum tempo, a resignação era a tendência. Mesmo o garoto, que chorava enquanto acariciava a face magra e pálida da mãe fora preparado para aquela despedida nas últimas semanas. Inclusive por ela. Especialmente por ela.

Vanusa descobriu a doença fatal por acaso. Foi uma evolução silenciosa, assintomática. Num dia qualquer, sentiu a dor abdominal aguda na sala de casa. Supôs que fosse cólica menstrual, que ainda sentia muito aos quarenta anos de idade, mas a persistência do incômodo a levou ao hospital. Os exames trouxeram o diagnóstico terrível. Poucos meses de vida restavam a ela. Foi o tempo de organizar algumas coisas, especialmente o destino do filho.

Desde que Cláudio, seu marido, foi morto em serviço, resolveu deixar de trabalhar na rua para se dedicar aos cuidados com o pequeno filho. Sabia que o garoto não tinha parentes na cidade, nem da sua parte, nem pelo lado do pai. Passou a viver da minguada pensão do ex-policial militar, que não era a única herança deixada para o menino. Ele já estudava no Colégio da Polícia Militar, que ela acreditava ser um ganho fundamental para o futuro do adolescente.

– Não vou deixar ele partir para a casa de parentes que ele mal conhece, lá no cafundó do Judas. Quero que ele fique aqui. Sei que é pedir demais, mas em nome da nossa amizade, quero que você e Caio criem ele – implorou Vanusa, após aceitar o seu destino.

— Não fale assim, Van! Você vai se recuperar! Não existe nada impossível pra Deus – respondeu Marlene, com os olhos marejados.

— Já passei dessa fase, Leninha. Se você prefere assim, vamos combinar de outro jeito. Se o pior me acontecer, vocês fazem isso por mim? Eu deixo tudo acertado, registrado e documentado. Não vou tranquila sem essa garantia.

— Se isso te acalma, pode ter certeza que faremos, sim.

— Obrigada, minha amiga. Isso me tranquiliza, e muito.

Em um misto de curiosidade e sincera compaixão, Adilza tentava dar uma perspectiva positiva à vizinha.

— Ao menos seu menino vai ficar contente com a companhia.

— É. Isso é. Eles se dão muito bem. Têm a mesma idade, estudam juntos, brincam juntos desde pequenos.

— Vocês preferiram não dar um irmãozinho a ele, mas o destino se encarregou de ajeitar isso.

— Pois é. Ninguém sabe dos planos lá de cima, Dil.

A cerimônia foi encerrada logo em seguida. Apesar da referida proximidade, Marlene resolveu deixar seu filho em casa. Cemitérios não eram lugar para crianças, a não ser em último caso. Voltou junto com o jovem órfão, com a mão em seu ombro, e o ouviu falar:

— E agora, minha tia?

— Agora você chora a perda de sua mãe, como estamos chorando a partida da nossa amiga. De resto, estaremos com você e não vamos deixar que nada lhe falte.

De fato, nem amor faltou. A adolescência do menino foi quase como a de qualquer um dos seus colegas do CPM. Era um bom aluno. Entre amigos, amores juvenis, desfiles e apresentações, viveu seu período no colégio muito bem. Em casa, era tratado exatamente do mesmo modo que o filho biológico do casal. A pensão foi repassada à família que concluiu a sua criação, de modo que ele não representava sequer um problema financeiro.

A perda precoce dos pais é uma cicatriz que não desaparece

de ninguém que tenha passado pela experiência. Por mais cômoda que seja a sua vida, a lembrança da efemeridade de tudo e o medo da solidão atormentam. No íntimo, o jovem vivenciava esses sentimentos, mas externamente era um adolescente absolutamente normal. Tanto quanto seu "irmão" e colega de turma.

Ainda na escola, juntaram amigos para formar a primeira banda. Como todos eram meros iniciantes em instrumentos musicais, com apenas uma relevante exceção, a escolha das posições aconteceu meio ao acaso. Dos seis membros, seriam três percussionistas. Ainda teriam contrabaixo, cavaquinho e violão.

O estilo era inspirado naquelas bandas de pagode dos anos 1990. Muita gente no palco e, se desse certo, músicas românticas e todo mundo dançando junto nos *playbacks* dos programas de televisão. Ainda era um sonho distante, ainda mais em Salvador, mas que início na música não é inspirado em exemplos difíceis de repetir?

A BATIDA

Das poucas pessoas que caminhavam na rua quase deserta, apenas uma sabia a razão daquelas viaturas estacionadas em frente à pequena casa pintada de vermelho. Outros transeuntes até pausaram a sua caminhada ao trabalho ou ao ponto de ônibus para ver do que se tratava, mas só seu Lopes Roma, com indisfarçável orgulho, saía da loja de conveniência do posto de gasolina, conforme combinado com o seu parceiro Washington, para acompanhar a execução do mandado de prisão e da busca e apreensão naquele endereço. Estava com um café quente na mão, servido num copo plástico. O que saboreava, contudo, era a cena que acompanhava a alguns metros de distância, viabilizada pela sua percepção única de um caso analisado por muitos profissionais experientes.

Na parte interna da casa, o morador foi acordado pelas batidas na porta. Imediatamente soube o motivo. Chegou a planejar demoradamente o que faria nesse dia, desde antes da noite chuvosa. Não tinha qualquer experiência com a situação. Salvo uma lesão corporal leve que cometera havia quase uma década, sem qualquer consequência policial ou na Justiça, o duplo homicídio foi o seu primeiro delito.

As soluções possíveis seriam a tentativa de confronto, o suicídio ou a rendição. Se as imaginou, foi por mera questão de lógica, de formalidade mental ao prever uma situação extrema. Não trocaria tiros com a polícia. Não cometeria a loucura de tirar a sua própria vida.

Disso tudo ele já sabia quando arriou o *case* do teclado ao chegar à casa que alugara. Estava exausto. A caminhada fora estafante. As condições climáticas estavam na sua previsão. Faziam parte do plano, adiado em outra oportunidade por conta da noite de céu limpo, alegre e movimentada de um novembro em Salvador. O que ele não havia calculado era a influência do peso do teclado no percurso. Para ser honesto, a chuva esteve acima do que previra.

Também não imaginou o quanto choraria naquela noite. Não pela vítima principal. Nem a vítima secundária era o motivo central do pranto. Era pela sua vida mesmo. Tudo poderia ter sido diferente. Ele deveria estar feliz, casado com Scheilla, satisfeito profissionalmente, bem-sucedido. Seguia a se perguntar por que justo ele foi escolhido por Deus para sofrer todos aqueles infortúnios que estragaram seus planos da juventude e voltaram a atormentá-lo no presente.

Parecia ter dado tudo certo naquela noite, é verdade. Seu plano, embora amador, tinha sido muito bem elaborado. Tudo começou com um choque. Um almoço no restaurante de comida a quilo que frequentava, perto do trabalho. Ele não acreditou no que ouvia no rádio.

– Não. Não pode ser ele. Ele não faria isso – disse a si próprio, sentado à mesa que ocupava sozinho naquele local.

Foi conferir o show anunciado no mesmo programa logo no fim de semana seguinte. Não havia dúvidas nem espaço para aceitar aquela situação no seu coração. Daquele dia em diante, sua vida foi dividida entre uma atuação mecânica, desinteressada, quase desleixada no trabalho e noites de angústia e pensamentos ruins.

Chegou a pensar em aparecer e jogar tudo na cara dele. Ainda foi a outra apresentação da dupla com essa ideia na mente: desabafar ou repetir os socos que lhe dera alguns anos antes. Seria pouco. Não funcionaria novamente. A raiva permaneceria intacta consigo. "Cínico como é", era capaz de denunciá-lo e continuar a sua carreira, crescendo com o seu novo parceiro. Aquilo tudo precisava acabar.

Tinha em sua posse o que era mais difícil de se conseguir. A arma do crime. Foi seu pai quem lhe dera a pistola quando resolvera morar sozinho, separando-se da esposa.

– Eu estarei por perto, mas você é o dono da casa agora. Esta arma não está registrada. Se precisar usar pra defender a si ou a sua mãe, não hesite.

Precisou dela para resolver a questão. Já não morava com a mãe havia alguns anos, e levou a arma consigo na mudança. Avisou ao pai quando se mudou, e este lhe deu autorização.

A logística do crime incluiu o aluguel, por três meses, de uma pequena casa mobiliada no Bonfim, até onde calculou possível a caminhada partindo do estúdio. Ficaria lá de novembro a janeiro, voltando à sua residência fixa em fevereiro. Foi à sua casa, no abril seguinte, que as viaturas chegaram naquela manhã, enquanto o sol raiava.

Esperou aquele acontecimento muito antes. Naquela noite de peso, cansaço e choro, ele não pregou o olho. Sua mente recapitulava tudo, passo a passo.

– Ninguém me viu perto do estúdio. Ninguém! Nem na entrada, nem na saída. Ou será que viu? De alguma fresta, de alguma janela? Não dá pra saber. Não, não é possível que tivesse visto. Se vissem, teriam me seguido, chamado a polícia, qualquer coisa. E se a polícia ainda chegar?

Era advogado. Começou a faculdade muito depois de concluir o colégio, só após desistir do outro sonho e ultrapassar a espécie de luto pessoal que atravessou com aquele fim. Trabalhava em um escritório de médio porte no Comércio, como advogado contratado, mas não mexia com Direito Penal. Naquela noite, porém, lembrava-se o tempo todo das aulas que tivera na faculdade, especialmente do inciso IV do artigo 302 do Código de Processo Penal, que revisitara havia poucos dias: "considera-se em flagrante delito quem é encontrado, logo depois, com instrumentos, armas, objetos ou papéis que façam presumir ser ele autor da infração." Ele sabia que uma denúncia qualquer que levasse os policiais ao local onde estava com a arma, o teclado, cabos, microfones e carteiras implicaria a sua dormida na prisão já naquela noite.

Pela fresta da janela, acompanhava o movimento da rua. Toda iluminação de faróis o fazia tremer. Os ínfimos espaços que lhe permitiam a visualização da rua poderiam ter viabilizado, em outra porta ou janela qualquer, a temida denúncia – era o pensamento que tomava a sua mente a cada instante madrugada adentro.

Nada disso aconteceu. A manhã da sexta-feira já se anunciava e parecia tão calma quanto poderia estar. Telefonou para o local de trabalho e relatou uma crise de enxaqueca, a fim de evitar mais um dia simulando normalidade. Especialmente aquele dia. Não era de faltar ao serviço, e a desculpa foi bem aceita.

Ganhava assim a sexta, o sábado e o domingo sem precisar sair à rua. Era, sem dúvida, um trunfo de tempo importante, mas não um ganho de paz. Passou o fim de semana prolongado praticamente sem dormir, andando de um lado a outro na casa, olhando todo o tempo a janela. Seu sentimento era de que a polícia chegaria a qualquer instante. Não teve coragem de ver jornais e programas policiais na televisão. Nem o de Tuca Lucena, de quem gostava muito.

Quando a segunda-feira chegou, ainda estava bastante abalado. Resolveu tentar retomar a sua rotina. Assim foi feito. Passou o dia procurando olhares diferentes no escritório e no restaurante onde ouvira a execução da canção que seria fatal para a dupla. Nada detectado. Com esse conforto, voltou à sua casa provisória mais tranquilo. Conseguiu se alimentar e dormir melhor.

Ninguém falou do assunto. Seus pais não souberam do ocorrido, seus amigos não comentaram qualquer coisa, nada no trabalho. Seguia preocupado e um tanto inseguro, mas sentia que ao menos não tinha deixado um rastro tão claro que conduzisse rapidamente a ele.

Pensou em abandonar a casa antes do fim do aluguel. Acabou desistindo da ideia. Era melhor seguir o plano, que parecia ter dado certo, afinal.

O retorno à sua casa simbolizou para ele um momento decisivo de tranquilidade. Essa paz era no sentido de ter escapado do castigo oficial da justiça. No entanto, carregava agora uma culpa maior do que na noite do crime. Especialmente pela segunda vítima. O que ele havia feito para merecer a pena capital? Nada! Não havia um dia em que não pensasse nisso. Não se entregaria, mas teria a chance de pagar pelo seu crime.

– Já vou abrir! Permitam que eu pelo menos me vista direito. Os senhores me acordaram!

– Abra a porta! Aguardaremos que o senhor faça o que precisar aí dentro.

E a porta se abriu. O delegado Borges mostrou tanto o mandado de prisão quanto o de busca e apreensão assinados pela juíza.

– Entendo, senhor delegado. Vou facilitar as coisas para vocês. A arma do crime está no armário do meu quarto. O teclado está no quarto dos fundos, dentro do *case*, com os microfones e cabos. As carteiras estão lá também.

Borges não esperava uma colaboração tão precisa e espontânea.

– Verificaremos isso agora mesmo. O senhor será levado a interrogatório ainda hoje. Como percebo a sua disposição para cooperar e confessar o crime, aliada aos seus bons antecedentes, poderá receber benefícios.

– Não achei que vocês fossem vir mais. Não sei como descobriram tudo. Fui eu. Estou aliviado que essa história tenha acabado.

– Como assim?

– Não era justo, sabe? Não com Elias. Eu penso nele todos os dias. Preciso ser castigado pelo que lhe fiz.

O CRIME

– Pode levar tudo, rapaz! – disse o tecladista, sem entender o que acontecia. – É nenhuma! Só deixe a gente em paz...

– Boa noite, Claudivan – cumprimentou Nilson, usando um tom macabramente calmo.

Elias sentiu um frio na espinha. Foi nesse momento que as vítimas perceberam as luvas de borracha nas mãos do assassino.

– Calma, Sinho – tentou o vocalista.

– É Nilson. Pra você, é Nilson. E estou muito calmo. Não parece?

– Em primeiro lugar, Elias não tem...

– Em primeiro lugar, eu falo – interrompeu. – Você ouve. Ele vai ouvir também.

Nilson estava a menos de cinco metros das vítimas. Tinha atravessado o pequeno corredor e parou. Ficou, digamos, no ângulo do estúdio. Elias estava em outro ângulo, atrás do teclado. Claudivan estava mais centralizado, mas também do outro lado do cômodo.

– Você não podia, Claudivan. Não podia voltar à música depois de tudo o que aconteceu.

– Foi duro pra mim voltar, mas eu resolvi seguir em frente, Nilson. Você precisa...

– Cínico – interrompeu o ex-cavaquinista. – Nem a surra que eu te dei resolveu sua cara-de-pau. Não tem problema. Hoje eu acabo com isso.

Mantinha a arma apontada diretamente para Claudivan. Não descuidava dos movimentos de Elias. Sabia que o novo parceiro poderia querer salvar a noite, sem saber que aquele dia era de vingança, não de heroísmo.

– Você vai entender, Elias. Vou contar a história do começo. Esse cara foi criado comigo, rapaz. Na minha casa, com minha mãe e meu pai. Estudamos na mesma escola, na mesma turma. No primeiro ano do segundo grau, resolvemos fazer uma banda juntos. Eu já tocava cavaco, estava compondo umas músicas românticas. Arrumamos outros colegas para fechar o grupo. Eu ficaria concentrado no meu instrumento e nos de todos os outros; Claudivan foi quem se saiu melhor no vocal.

Subiu o tom de voz, mostrando certo remorso, como se guardasse um profundo arrependimento daquela escolha. Elias ouvia, pensando o tempo todo em como rebater as acusações para salvar o amigo. Nilson seguiu o seu relato.

— A banda mal tinha começado a fazer umas brincadeiras, tocando em festinhas nos fins de semana e em casas de shows, quando eu conheci Scheilla. Foi em um desses showzinhos. Lembro que ela chegou no prédio onde a gente tocou no meio da apresentação. Cumprimentou um pessoal e foi pra frente do palco dançar. Estava com um vestido branco um pouco antes do joelho, fazendo o contraste com a pele bem morena, os cachos na altura do ombro. Linda. Eu nem piscava. Ela estava com as amigas, conversava, sorria, mas também olhava pro palco. Pra mim. Ficamos lá mesmo pela primeira vez. Fiquei louco.

— Liguei pra ela na manhã seguinte, perguntando se a gente poderia se encontrar. Levei uma caixa de chocolates e a pedi em namoro. Ela sorriu, me pediu calma. "Você não vai se arrepender" eu lhe disse. Ela topou e eu voltei pra casa certo de que não ia querer mais nenhuma mulher na minha vida. Eu lhe contei, lembra? Lembra, seu cretino? Eu te abracei e lhe contei isso. Você foi o primeiro a saber o quanto eu gostava dela — disse, apontando o indicador da mão desarmada para Claudivan.

— No início, não teve problema nenhum. Nossa banda estava bem, a galera curtia as músicas, começamos a tocar em lugares maiores. E pra você nunca faltaram meninas bonitas também, né? Vocalista chama muita atenção, é a história de sempre. Eu tinha a minha, e você podia escolher quem quisesse.

– O último sábado do mês era em Nazaré. Ali então era sucesso. O lugar era grande como quê. Lotava a zorra. A gente tirava uma grana. Gravamos um CD num estúdio arrumadinho, em Brotas. Eu fiz a capa com uma foto nossa em frente ao CPM. A gente mesmo fazia as cópias e vendia lá e nos outros lugares. A cinco contos. Uma porrada de gente comprava.

Elias se lembrou na mesma hora de seu primo. Saberia o motivo do fim da banda e da bebedeira de Divã em pouco tempo. Já sentia que seria melhor nunca ter conhecido aquela história.

– Isso é tudo coisa do passado, meu irmão. Vocês são tão jovens ainda, cheios de coisas boas pela frente – tentou argumentar o tecladista.

– Não! Isso ERA coisa do passado até ele voltar pra música, voltar a tocar, a fazer sucesso, a seduzir a mulherada do jeito que sempre fez – corrigiu Nilson. – Agora isso é mais presente do que nunca. Desde que eu ouvi você no rádio, comecei a planejar este momento. Mas eu vou seguir. Você já sabe de tudo, ele precisa saber também.

– Nilson, deixa eu falar com você – arriscou Claudivan.

– Você fica quieto até eu terminar – vetou o homem armado. – Aí seguimos bem, o cara lá do espaço, o espanhol, ficou nosso amigo, queria empresariar, botar pra tocar na rádio, colocar a gente no caminho do sucesso. Tudo andando bem. Foi quando eu percebi Scheilla estranha. Parecia angustiada ao meu lado, incomodada com as perguntas que eu lhe fazia. Menos carinhosa, menos disposta a ficar comigo. Pouco menos de dois anos de namoro. Eu, apaixonado do mesmo jeito, não entendia nada. Uma noite qualquer, recebo uma mensagem no meu celular de um número desconhecido. Até hoje eu lembro: "Sua nega tá com um homem lá no Hotel Prisma, perto da Rodoviária. Quarto 105." Eu não quis acreditar, mas sobravam motivos para desconfiar dela, pela mudança de comportamento recente. Fui conferir.

"Uma mensagem", pensou Claudivan. Nunca soube dessa informação. Sentiu os pelos do braço eriçarem com a revelação, inédita para ele. Elias olhou para o seu parceiro com medo. Àquela altura, a trama já se desenrolara de um jeito que era possível prever o final. Tanto Elias quanto Divã pensaram em interromper o relato, mas Nilson respirou fundo e prosseguiu. Desta vez, sem interrupções até o fim.

– Cheguei lá por volta das 21h30 de uma quarta-feira. A mensagem já tinha quase uma hora de enviada. Eu sentia, sabia que era verdade. Pedi um quarto no hotel, que, na verdade, todos sabiam, era outra coisa. O pessoal desconfiou do fato de eu estar sozinho, mas liberou minha entrada. Pedi no primeiro andar, pra já ficar perto do meu destino real. Pensei em arrombar a porta, mas nunca tinha feito isso. Poderia dar errado. Preferi bater. "Quem é?", perguntou ela (era ela!), lá de dentro. "Serviço de quarto", improvisei, tentando mudar ao máximo a minha voz. "Não pedimos nada", disse você, Claudivan. Eu reconheci a voz, mas não quis acreditar. Já estava tenso o suficiente, podia ter confundido as coisas. Precisava entrar pra ver. "É cortesia da casa. Uma lembrança para o casal." "Já estamos de saída, meu velho." "Vamos mais uma antes de sair", ela pediu. A minha raiva só aumentava do lado de fora. "Você tá doida? Não ouviu o que eu te falei?", você disse. "Tá certo, então. Pega aí pelo menos o brinde do hotel."

– Quem abriu foi você. Tentou fechar a porta na sequência por causa do susto, mas eu forcei e entrei. Ela estava lá, deitada nos lençóis revirados.

– Sua vagabunda! Ladrona! Com você eu não quero mais nada. Depois de tudo o que fiz por você? Se pique daqui!

– Ela se vestiu, pegou as coisas dela e saiu sem dar um pio. Mas você não, você quis argumentar! Foi um tal de "me desculpe", "a culpa não foi minha", "não sei como vim parar aqui", "estou me sentindo mal", "ela me chamou pra conversar", "você é meu irmão", cada conversa de sacana. Um cinismo sem fim. Não sabia, nem quis saber, há quanto tempo vocês já estavam se pegando. O jeito foi te quebrar na porrada. E quebrei mesmo. Bati até cansar. Achei que seria suficiente, mas recentemente percebi que foi pouco.

Encerrou o desabafo. Mantinha a posição de arma pronta para o disparo. Dentes cerrados. No fim, uma lágrima escorreu dos olhos. Tinha parado de falar e não atirou. Era a deixa para Claudivan tentar argumentar...

– Nunca soube dessa mensagem no seu celular – disse Claudivan.

– Aparentemente, eu tinha um amigo mais decente que você – rebateu Nilson.

– Deve ter sido ela.

– Como?

– Scheilla. Acho que ela armou tudo.

– De novo a sua palhaçada. Agora com essa invenção.

– Não! Ela me chamou pra conversar em um bar. Falou que...

– Chega! Chega de conversinha!

– Por favor, me deixe terminar!

– Seu destino vai ser o mesmo!

– Que seja. Ela me falou que estava cansada do seu ciúme, do seu apego, do relacionamento de vocês. Eu estava bebendo numa boa durante a conversa. Tomei umas duas doses. Três, no máximo. Nunca entendi como tinha ficado embriagado a ponto de não me lembrar dos detalhes. Ela fez algo, tenho certeza. Botou algo na minha bebida, me drogou. Eu também me culpei todo o tempo, mas agora percebo que foi tudo armação dela...

– É sua nova história? A que contou antes foi outra. Dessa vez não vai ter escapatória. Eu tinha me esquecido de você, mas essa sua volta à música e ao sucesso me quebrou. Nunca tive a vida que eu poderia ter, e você acabou se saindo bem depois de tudo?

– Bem, Nilson? Eu perdi meu irmão de consideração. Eu me afastei de pessoas que me criaram como filho pra sempre! Gastei todas as minhas economias com cachaça! Depois passei a viver de bico e bebendo quase tudo o que eu ganhava. Só há poucos meses, quando Elias me chamou, eu voltei a ter alguma alegria. Relutei pra retornar à música, mas me dei essa chance! Você deve fazer o mesmo, meu irmão...

– Vou pegar um lenço aqui. Emocionei! Seu descarado! Depois de acabar com meus sonhos, você não tinha esse direito. Já conversei demais...

Nilson pareceu movimentar o corpo para atirar. Claudivan não pensava em mais nada, enquanto Elias pensou em tudo. Nos seus pais, em Luiza, em Edenilson, no sucesso que batia à sua porta. Também no pastor Elinaldo. Seria um castigo? Aquela conversa dura, doída, cruel, atenuada apenas pela generosidade do mentor, teria sido o prenúncio da sua tragédia?

Acima de tudo, Elias olhava para Nilson com a arma em punho e se lembrava daquela conversa com o cantor após ter ido sozinho à reunião marcada pelo empresário. "Juntos", eles falaram. E se abraçaram. Por isso, tomou a pior decisão. Julgou que poderia se aproveitar do foco do invasor em Divã, contornar o teclado e atirar-se sobre ele.

O movimento foi ruim. Seu pé tocou no suporte, fez barulho, desequilibrou-o e, no reflexo, Nilson atirou no seu peito.

– Não! – berrou inutilmente Claudivan.

Não foi o suficiente para derrubar Elias. Por isso, o segundo tiro, logo em seguida, na cabeça. O cantor caiu chorando sobre o corpo do parceiro e amigo.

– Agora é a sua vez – disse friamente o assassino.

Claudivan não reagiu. Apenas se virou e ficou de pé para esperar a sua execução. Sentiu que não suportaria viver com o peso de ter sido a causa da morte do seu novo parceiro. Os tiros vieram na mesma ordem: o primeiro, na altura do coração, o segundo, na cabeça. Como se achasse aquilo insuficiente, já com o quase irmão estendido no chão, Nilson acertou-lhe o terceiro disparo.

Ainda sobrava tempo, mas preferiu não arriscar. Recolheu rapidamente o teclado, as carteiras e outros bens que lhe pareceram mais à mão e retirou-se do estúdio, fechando com cuidado as portas. Não havia uma viva alma na rua chuvosa do crime, como tinha que ser.

O DETETIVE

Quando Nilson saiu da casa com os policiais, seu Lopes Roma estava por perto. Aparentemente, tudo havia ocorrido conforme o planejamento. As viaturas partiriam na direção da Divisão de Homicídios para formalizar a prisão e as apreensões. O detetive passaria na banca de Ruivan para contar sobre a manhã agitada. Almoçariam os dois e Washington. Não faltaria assunto.

Acertaram no Panela de Barro, restaurante *a la carte* repleto de iguarias baianas e de outras comidas caseiras. Roma chegou junto com Rui, que já no caminho avisou que não teria hora para reabrir a banca. Se fosse o caso, isso ficaria para amanhã. Ele não soube da batida policial, nem de outros detalhes descobertos recentemente no caso, a pedido de Washington. O excesso de informações repassadas ao parceiro informal já era um risco (além de ser ilegal). Expandir ainda mais essa abrangência estava fora de cogitação. Roma chegou a explicar brevemente a situação da necessidade de preservação do sigilo para o jornaleiro, assim como a solicitação do amigo policial nesse sentido. Agora, com as diligências sigilosas realizadas, tudo ficaria mais tranquilo, especialmente com uma confissão tão clara como a que ocorreu naquela manhã.

Washington chegou meia hora depois do combinado, às 13h30. Cumprimentou rapidamente os dois e sentou-se.

– Desculpem a demora. Estou faminto! – anunciou o policial.

– E eu, duplamente faminto – disse o jornaleiro. – Esperando o almoço e as revelações sobre essa história épica.

– Pois é, muita coisa pra falar – disse Roma. Conhece o espaço aqui, Washington?

– Não, Roma. Primeira vez.

– Se você não tiver problema, indico a moqueca de ovo com carne. Vem com pirão, farofa e arroz. O prato é enorme, deve dar pros três.

– Por mim, fechado.

Chamou o garçom e fez o pedido. Washington ainda pediu um refrigerante e foi ao banheiro lavar as mãos.

– De sobremesa, eu sugiro a musse de coco verde daqui – completou Roma. – É de comer rezando...

– Bom demais mesmo – concordou Ruivan. – Mas, antes da sobremesa e do almoço, tem aquela entrada que estou esperando...

– Lá ele! Que conversa é essa? – disse rindo o policial. – O negócio lá foi inacreditável, Roma. O cara confessou tudo na hora.

– Eu imaginava.

– Sério? Por quê?

– Arrependimento. A ficha dele era limpa, né? Não era de fazer essas coisas. Depois a raiva passa e o sujeito pensa no que fez. Deve ser insuportável.

– Isso é – comentou Ruivan.

– Admitiu também o motivo? Foi a mulher mesmo, né? – quis saber o detetive.

– Na hora. Scheilla. Chegou a dar pena. Na verdade, tenho pena de todo mundo nessa história. O assassino, menino novo ainda, consumido pela tristeza e pela vingança. Claudivan tinha acabado com a vida dele por conta da mesma história e, quando o destino lhe arruma outra chance, o passado arrebenta com tudo. Elias nem se fala. Não teve nada a ver, estava vivendo um sonho e embarcou também.

– Sim. É uma enorme tragédia.

– Ainda teve uma coisa curiosa. Ficamos todos em dúvida sobre a responsabilidade de Claudivan na tal da traição...

– Como assim?

– Rapaz, ele relatou a conversa toda que tiveram no estúdio. Parecia que a gente estava lá assistindo, de tantos detalhes. Teve uma hora que Claudivan disse ter percebido só naquele instante que foi tudo armação da menina. Teve uma tal de uma mensagem que Nilson teria recebido, informando que a mulher dele estava no hotel com outro. Chegou lá, viu que os dois estavam no mesmo quarto, mandou ela embora e desceu a madeira nele.

– Não duvido! Claudivan teria que ser muito miserável pra seduzir a mulher do melhor amigo. Não acho que ele fosse disso.

– Não é? Nilson ainda disse que Scheilla estava meio estranha com ele nos dias anteriores. E Claudivan teria falado que ela convidou ele pra conversar e que não se lembrava de quase nada daquela noite.

– Mas isso tudo pode ser desculpa – interveio Ruivan.

– Pode. Foi o que Nilson concluiu. Só que ele próprio talvez não tenha tanta certeza sobre o caso. Ele disse se arrepender profundamente por causa de Elias e que Claudivan teve o que merecia. Mas, contando a história, senti que ele via uma possibilidade de o amigo ter falado a verdade.

– Dá até vontade de investigar isso também – disse Roma, com os olhos brilhando.

– Calma, parceiro – brincou Washington. – Deixa isso quieto! Não tem por que tirar esse esqueleto do armário.

– Falando em investigar, sei de algumas coisas sobre o caso, mas como vocês chegaram a esse Nilson eu não soube. Expliquem aí – cobrou Ruivan.

Nisso chegou a moqueca, com as porções e a pimentinha da casa. Pausaram um pouco a prosa para se servirem do almoço. Depois de algumas mastigadas, Roma retomou.

– Se me permite, Washington, eu posso explicar.

– Tem que ser. Foi você mesmo que tirou a conclusão principal. Na verdade, nem eu sei ao certo como foi…

– Foi mais ou menos assim – iniciou o "detetive." – Desde que comecei a estudar o caso, pensei em algumas possibilidades de solução. Washington até ficou impressionado com aquelas ideias que mostrei a ele lá na banca, ainda antes de ver os autos. Basicamente, tudo foi levantado lá no bar do Moura. Antes disso, Rui sabe, eu pensava muito em um motivo relacionado ao meio musical. Não deixou de ser, mas foi de um jeito bem diferente do que eu imaginava.

Parou para tomar um gole do refrigerante, comeu mais um pouco e seguiu.

– No Bar, além da hipótese da inveja musical, comecei a pensar muito na igreja e um pouco no passado de Claudivan. No inquérito, os depoimentos estavam mais ou menos mornos, com uma ou outra informação que eu não tinha, até chegar em Edenilson. Ele tinha uma conversa meio truncada, falava muito dele, das suas realizações na carreira, dos seus projetos. Falou que os meninos vinham subindo muito rápido no meio, prestes a lançar um CD e tomar conta da cidade toda. Isso tudo batia com a minha impressão inicial. Jurava que não tinha havido nenhuma manifestação de desentendimento sério, mas citou um outro grupo, não lembro o nome, que ficou chateado pelo Johnnie Walker ter sido escolhido para encerrar um show. Como o dono do estúdio falou que Edenilson tinha ido a um ensaio, ele teve que justificar que foi para conhecer o lugar e jurou que ainda aconselhou os dois a não usarem mais aquele estúdio algumas vezes. Disse que chegou a comentar isso com alguém da rádio, mas não chegou a dar endereço nem nada. Osmar, o menino do estúdio, tinha dito que outra pessoa além de Edenilson, que ele não conhecia, tinha ido a um ensaio. Daí tinha uma via. Apertar o radialista sobre essa tal banda que não aceitou, interrogar a pessoa da rádio a quem ele contou sobre o estúdio etc.

Washington seguia comendo, apesar de parar algumas vezes, admirado com a riqueza de detalhes com que seu Lopes Roma expunha seu raciocínio.

– Aí veio o depoimento de Messias, primo de Elias. Ele era mais emotivo, tinha o primo como um irmão, estava feliz com a carreira da dupla. Contou que uniu os dois, com muito orgulho.

Disse que, assim que soube que Elias precisava de um vocalista, lembrou-se de Claudivan, que conhecia há muitos anos, apesar de ter largado a música por um longo tempo. Esse era o segundo elemento importante que eu tinha sobre o cantor. Primeiro, problemas com bebida, assunto que ninguém abordou nos autos. Depois essa história do abandono da música. Ele disse que frequentou muitos shows de "Divã", como conhecia o rapaz, numa casa de eventos lá em Nazaré que andava sempre cheia. Depois soube que a banda tinha acabado e nunca mais o viu até encontrar ele fazendo serviços na empresa. Anotei tudo isso no caderno e sabia que desse mato também poderia sair cachorro. Ainda tinha a igreja. Não tinha nada nos autos sobre isso, mas a saída traumática da igreja não podia ser descartada.

– E como você decidiu seguir um dos lados? Ou chegaram a tentar tudo e um deles bateu? – questionou Ruivan.

– Nem uma coisa nem outra. Eu despertei pra ir ao banheiro e depois matar a sede no meio da noite de sábado pra domingo, olhei pro inquérito e tive um estalo: "A chave é o passado de Claudivan." Te juro! Foi como uma ideia pronta que surgiu em minha cabeça. Aí eu não dormi mais. Comecei a pensar que a história a partir do relato do radialista era muito mais fraca do que saber o motivo de Claudivan ter se afastado da música e mergulhado na vida de bicos e de cachaça. Ainda imaginei desde o início que fosse algo relacionado a mulher.

– O homem matou a charada – confirmou Washington. – Ninguém tinha suspeitado disso.

– Sim, mas contem mais – pediu Ruivan.

– Sugeri que ouvissem de novo Messias. Eram duas perguntas básicas a fazer, além das outras que surgiriam a partir das respostas: 1) Tinha alguém na banda de Claudivan com quem ele tivesse mais proximidade ou que comandasse o grupo?; 2) O nome e o endereço do espaço onde ele se apresentava.

– Eu repassei tudo pra Borges, o delegado do caso – relatou

Washington. – Ele autorizou a diligência. Quando a gente fez a primeira pergunta, eu fiquei de cara: ele disse que Divã sempre se referia ao rapaz do cavaquinho como "meu irmãozinho Sinho", que pareciam muito amigos. Lembrou também que esse rapaz fazia a maioria das músicas da banda e também falava várias vezes durante o show. Ele passou o endereço do lugar e um agente nosso foi fazer uma verificação lá. Constatou que ainda existia a casa de eventos, mas parecia meio decadente. Tomou o nome do proprietário do espaço, que lá estava havia muitos anos, e passou pra gente. Aí vim falar de novo com o nosso detetive Roma.

– Eu já sabia que a solução estava perto – disse seu Ubirajara. – Pedi ao amigo que não deixasse de perguntar sobre uma eventual briga dos dois no fim da banda, bem como sobre alguma mulher, provavelmente do tal "Sinho", que fosse aos shows, ficasse no camarim etc.

– O dono lá do lugar se chamava Pepe – retomou a fala Washington. – Era um espanhol, senhor de idade já, que tinha vindo pra cá por causa de um tio. Primeiro tentou um restaurante que não deu certo na Mouraria, depois fez essa casa de shows, Estrella, e conseguiu se manter bem. Borges contou a ele sobre a morte de Claudivan, e o velho ficou muito sentido. "Ton talentosso", ele lamentou. Contou que a banda se apresentava lá todos os meses, sempre enchia a casa. Disse que gostava dos meninos, queria arrumar um contato para gravarem um CD profissional, tocar na rádio e tudo. Perguntado sobre o fim da banda, ele já praticamente matou a charada: "Foi uma briga de Nilson com Divã, teve até pancada entre os dois. Num dia qualquer Nilson me ligou, disse que a banda tinha acabado, que Divã fez uma sacanagem com ele e acabaram se pegando mesmo. Agradeceu por todo apoio, e não nos falamos mais. Também não vi mais o outro rapaz." Quando o delegado perguntou sobre as namoradas dos rapazes, a resposta igualmente foi direta. Disse que não se lembrava do nome da menina, mas era namorada de Nilson. Muitas vezes estava nos shows, e Nilson sempre mandava beijos, fazia dedicatórias e se declarava do palco. De companheira fixa de Claudivan ele não sabia. Pegamos com ele o que tinha de informações do tal Nilson e logo identificamos a pessoa. A ficha do rapaz era limpa, mas àquela altura o delegado também já estava convencido do caso. Representou pela prisão, conversou com o promotor e ele endossou. A juíza também aceitou, e cumprimos o mandado hoje, confirmando tudo.

Ruivan ficou vivamente impressionado com tudo aquilo. Sabia da paixão do amigo por esse tipo de crime, dos miolos que queimava para imaginar a solução dos casos intrigantes, mas não imaginava que a mesma percepção fosse decisiva para a solução de um caso real.

Concluíram o almoço com a tal musse de coco verde e um "digestivo".

– Ao detetive Roma! – propôs Ruivan.

– A seu Lopes Roma! – brindou Washington.

Já passava das 16h quando saíram juntos de lá.

– E agora, Roma e Washington? – questionou o jornaleiro.

– E agora o quê? – perguntou o detetive.

– Quero saber se a dupla vai continuar...

– Ah, sim. Eu estava até pensando nisso – disse o policial. – Agora eu fiz um bom amigo e descobri alguém que tem um faro de investigação acima da média. Resolver um caso desses não era pra qualquer um, não. Roma tem bastante tempo livre, poderia até pensar em trabalhar como detetive.

– Claramente, meu caro Washington. Depois desse caso, passei a pensar nisso mesmo. Chato vai ser perseguir chifres e intrigas pequenas depois de resolver uma questão como a que enfrentamos agora, não?

– É, mas de vez em quando eu posso te trazer um caso que mexa com sua imaginação...

– Será sempre uma honra, meu amigo. Agora vou tirar o cochilo dos justos e ver se ainda consigo pegar o velho dominó no fim da tarde. A gente se fala!

– Ok. Vou descansar também que o dia foi cheio. Obrigado de coração por tudo, Roma. Lamento que você não tenha os créditos oficiais que merece, mas poderia dar problema pra mim, como expliquei.

– Eu é que agradeço e não se preocupe com isso! Estou satisfeito e terei o maior prazer em analisar outro caso como esse.

– Falou, pessoal. Vou lá voltar pra banca, pelo menos até as 6h – arrematou Ruivan.

Roma chegou em casa e, apesar do cansaço, demorou a pegar no sono. Sentia-se um verdadeiro herói. Lembrou-se da jovem Luiza, que mais cedo ou mais tarde saberia da solução do caso. Pensou em mais uma porção de coisas antes de conseguir dormir.

O cochilo foi logo interrompido por batidas na porta da frente. Não era o tempo. Nem era um sonho.

– Quem é?

– Ruivan, Roma. Estou aqui com uma pessoa.

– Então, pera um pouquinho.

Estava sem camisa, e vestiu uma para ficar minimamente composto antes de receber a misteriosa visita.

– Oi, Rui. Boa tarde, minha senhora.

– Roma, esta aqui é dona Marluce. Esteve na banca agorinha com uma amiga, e vi que estavam conversando sobre o marido dela.

– Sim, seu Roma. Estou muito desconfiada, e o seu Ruivan disse que o senhor poderia me ajudar a saber se ele anda mesmo aprontando ou não. Que o senhor era detetive e já tinha resolvido uns casos bem complicados.

"Chifre", pensou Roma. Depois do duplo homicídio misterioso, do crime no estúdio vermelho, conferiria se seu Zé cumpria fielmente a promessa que fizera ao padre. Se era o que tinha para o dia, não reclamaria.

– Tá certo, dona Marluce. Puxe uma cadeira aí e vamos conversar. Ruivan, daqui em diante é comigo. Obrigado!

– Mas, Roma, eu queria...

– A conversa a partir de agora será uma questão de sigilo entre detetive e cliente. Não é, dona Marluce? Se resolvemos seguir essa vida, tem que ser direito.

Disse isso e piscou o olho direito para o amigo, que captou a mensagem, retirando-se do local. A cliente não percebeu e julgou bastante profissional o discurso do detetive. Ele pegou o caderno para começar a anotar os detalhes da história.

O dominó ficou para outro dia. Seu Lopes Roma teria agora mais uma atividade para ocupar o seu vasto tempo ocioso de aposentado, enquanto aguardava ansiosamente que o seu parceiro Washington lhe trouxesse novos corpos para o seu verdadeiro deleite.

grupo novo século

Compartilhando propósitos e conectando pessoas
Visite nosso site e fique por dentro dos nossos lançamentos:
www.gruponovoseculo.com.br

TALENTOS DA LITERATURA BRASILEIRA

Talentos da Literatura Brasileira
@talentoslitbr
@talentoslitbr

Edição: 1ª
Fonte: Minion Pro

gruponovoseculo.com.br